Jana Sommer

Kommissarin Eisele ermittelt

Du sollst mich lieben

Band 1

Nach einer unschönen Trennung zieht Hauptkommissarin Marie Eisele von Hamburg ins beschauliche Schovenbüll an der deutschen Nordseeküste, um hier einen Neuanfang zu wagen. Ein siebzehn Jahre altes Mädchen wird ermordet. Gemeinsam mit dem jungen Kommissar Jan Döbele, für den dies sein erster Mordfall ist, arbeitet Marie an dem Fall. Es gibt rasch einige Verdächtige und die scheinbar perfekte Fassade der Toten beginnt allmählich zu bröckeln, bis es ihnen schließlich gelingt, den Fall aufzuklären.

Auch privat gibt es für Marie dabei einige Hürden zu nehmen.

Ein spannender erster Fall für die Kommissarin und ihr Team.

Die Autorin wurde im Siegerland geboren. Sie ist Sozialpädagogin und Friseurmeisterin.

Nach Station in Wetzlar und auf den Kanaren lebt und arbeitet sie seit mittlerweile über 20 Jahren in Köln.

Durch ihre Arbeit ist sie stets mit Menschen, deren Geschichten und bisweilen auch Geheimnissen in Kontakt und erfährt hier allerhand Begebenheiten, die sie zu neuem Stoff inspirieren.

Jana Sommer

Kommissarin Eisele ermittelt

Du sollst mich lieben

Kriminalroman

Bibliografische Information der Deutschen Nationalbibliothek: Die
Deutsche Nationalbibliothek verzeichnet diese Publikation in der Deutschen Nationalbibliografie; detaillierte bibliografische Daten sind im In-
ternet über http://dnb.dnb.de abrufbar.

Verlag: BoD · Books on Demand GmbH, Überseering 33, 22297 Hamburg, bod@bod.de

Druck: Libri Plureos GmbH, Friedensallee 273, 22763 Hamburg

ISBN: 978-3-8192-2562-8

Für Leo, Leni und Christa

Bis zu einem nächsten Moment

Einem nächsten Augenblick

Mit dir

Und mit dir

Und mit dir.

Sonntag

Mord und Totschlag

Zu seinem Ende hin war der Sommer ungewöhnlich heiß und trocken. Jetzt im September kam jedoch allmählich der unvermeidliche stete Wind wieder auf und brachte etwas Abkühlung.

Annegrit saß mit Shorts, die ihre schlanken, muskulösen Beine betonte und ihrer blauen Lieblingsstrickjacke bekleidet, auf der alten Kaimauer und sah aufs Meer hinaus, das an diesem Abend grau und unruhig vor ihr lag. Der Wind blies so kräftig aus Nordwest, dass sich kleine Schaumkronen auf den Wellen bildeten. Sie wartete schon seit über einer viertel Stunde und fing allmählich an, ein wenig zu frösteln. Offenbar hatte sie die Abkühlung, die der Wind mit sich brachte, unterschätzt.

Während ihre Augen das stete An - und Abschwellen der Wellen verfolgten, kam ihr in den Sinn, dass ihre heutige Verabredung womöglich doch keine so gute Idee gewesen war. Dennoch wollte etwas in ihr die Hoffnung noch nicht aufgeben.

Gerade als sie überlegte, dass es vielleicht klüger wäre, bald nach Hause zu gehen, hörte sie etwas. Das Geräusch brechender Zweige drang an ihr Ohr. Vielleicht hatte sie ja doch nicht umsonst gewartet?

Sie stand auf, um besser sehen zu können. Angespannt sah sie den kleinen Weg entlang, konnte aber niemanden entdecken.

Als sie sich gerade umdrehen wollte, nahm sie hinter sich eine Bewegung wahr. Der Wind hatte sie getäuscht. Das Geräusch, dass sie gehört hatte, kam aus der entgegengesetzten Richtung.

Viel zu schnell, als dass sie noch hätte reagieren können, traf sie ein harter Schlag an der Schläfe und sie ging zu Boden. Regungslos blieb sie liegen, als sie ein weiterer harter Schlag am Hinterkopf traf.

Montag

Arbeit

Marie Eisele stand gerade an Linas Büdchen und trank ihre erste Tasse Kaffee für den heutigen Tag. Die letzten Wochen waren ruhig verlaufen – beinahe sogar etwas zu ruhig – für ihren Geschmack.

Als ihr Diensthandy klingelte, hatte sie ihre Tasse gerade zur Hälfte geleert.

»Wo? Alles klar. Bin schon unterwegs. In zehn Minuten bin ich da.«

Marie ging zur Theke und stellte ihre Tasse ab. »Leider schaffe ich es heute nicht, ihn auszutrinken, Lina.«

»Macht nichts.« Die wasserstoffblondgefärbte Ukrainerin hinter dem Tresen, die mit einem kaum hörbaren Akzent sprach, und beinahe gleichzeitig mit Marie vor einem Jahr hier in Schovenbüll angekommen war, zwinkerte Marie zu. »Dann vielleicht morgen wieder.«

Die Kommissarin stieg in ihren Wagen, den sie ein paar Meter von Linas Büdchen entfernt geparkt hatte. Um diese Zeit war hier nicht viel los, sodass man bei der Parkplatzsuche die freie Wahl hatte.

Sie ließ den Motor ihres Dienstwagens, einer schwarzen BMW Limousine, an, lenkte den Wagen auf die Hauptstraße und bog dann ab in Richtung Hafen. Von da ab würde sie ein Stück zu Fuß gehen müssen, was sie in der Regel gerne tat, besonders an einem so schönen Tag wie heute.

Es hatte endlich aufgehört zu regnen und die Sonne schob sich allmählich hinter den letzten dichten Wolken hervor.

Die Luft roch bereits nach Herbst, dabei war es noch angenehm warm. Eigentlich perfekt wie Marie fand.

Von der Straße aus konnte sie immer wieder einen Blick auf die weite Bucht und das Meer werfen, das jetzt glitzernd in der Sonne lag. Ein paar Fischerboote befanden sich bereits auf dem Weg zurück in den Hafen, um ihren Fang für den Verkauf vorzubereiten und tuckerten durch die sanften Wellen der Nordsee.

An diesen wundervollen Anblick würde sie sich hoffentlich niemals gewöhnen, dachte sie gerade, als sie um eine der Kurven bog, die sich sanft in die Landschaft legten.

Noch ein paar weitere Kurven und sie würde den alten Hafen erreicht haben.

Dort angekommen stellte sie den Wagen auf einem freien Parkplatz ab, was auch hier kein Problem darstellte, da nur wenige Fahrzeuge vor Ort waren. Dann stieg sie aus.

Der Tatort, zu dem man sie gerufen hatte, lag etwa drei- oder vierhundert Meter von hier entfernt an der alten Kaimauer. Der Weg dorthin führte durch ein kleines Waldstück, in dem sich Eichen, Birken und Buchen dicht aneinanderreihten. Einige davon hatten bereits damit begonnen, ihre Blätter auf den dichten Moosteppich abzuwerfen, der ihnen zu Füßen lag.

Eigentlich hatte die alte Kaimauer, wie sie alle nannten, nie wirklich zum Hafen gehört. Da sie aber in unmittelbarer Nähe zu ihm lag, hatte man irgendwann beschlossen, sie gehöre einfach dazu. Vielleicht, so war Maries Idee dazu, hatte man sie einmal errichtet, um die zahlreichen kleinen Sportboote irgendwo festmachen zu können. Mittlerweile nutzten allerdings viele den ursprünglichen Hafen dafür, so dass nur noch vereinzelte Boote an ihr lagen.

Die größeren Boote befanden sich jetzt im neuen Hafen, den man ein paar Jahre vor Maries Ankunft hier im Ort fertiggestellt hatte.

Zwei Häfen, für einen so kleinen Ort, erschienen Marie zwar nach wie vor etwas übertrieben, aber egal, da fielen ihr doch deutlich kostspieligere Verschwendungen von Kapital und unsinnigere Bauprojekte ein, allein wenn sie an Hamburg ihre Heimatstadt dachte. Dort gab es beispielsweise den

Elbtower, der noch dazu ausgerechnet am Eingang der Hansestadt stand. Vermutlich würde der dabei nicht einmal fertiggestellt, zumindest nicht in absehbarer Zeit. Aber nun ja. Hier gab es nun zwei fertiggestellte Häfen und beide wurden – zumindest irgendwie – genutzt.

Da sich der Weg durch das kleine Wäldchen als äußerst schlammig erwies, konzentrierte Marie ihre Aufmerksamkeit jetzt lieber darauf, nicht auszurutschen oder mit ihren Turnschuhen im Matsch steckenzubleiben. Dabei erkannte sie mehrere Fußspuren und nach einige Metern wurde offensichtlich, woher diese stammten.

Schon von weitem konnte Marie die ganz in weiß gekleideten Kolleginnen und Kollegen erkennen, die die Umgebung rund um den Tatort akribisch nach Spuren absuchten.

Hier, in diesem kleinen Küstenort, gab es nicht allzu viele Kapitalverbrechen. Um genau zu sein, war dies das erste, seit Marie vor einem Jahr in Schovenbüll ihren Dienst angetreten hatte. Insofern schienen alle besonders eifrig bei der Sache zu sein und eine gewisse Aufgeregtheit lag in der Luft.

In der Regel hatten sie es hier vorwiegend mit Einbrüchen und einigen kleineren Diebstählen zu tun, die insbesondere die Touristen betrafen, die hier im Sommer in größerer Zahl auftauchten.

Auch an sich selbst stellte Marie daher so etwas wie eine freudige Erregung fest, als sie sich der Szenerie näherte.

Selbstverständlich hätte sie das vor ihren Kollegen, die sich größtenteils seit ihrer Kindheit kannten und die Marie als ‚die Neue' ohnehin mitunter misstrauisch beäugten, niemals zugegeben.

Das Misstrauen ihr gegenüber wurde leider nicht geringer, als die Kollegen erfuhren, dass sie in ihrem Alter noch alleinstehend war und sie obendrein niemanden vor Ort kannte. Hätte sie jemanden vor Ort gekannt, so hätte es das für sie vermutlich um einiges einfacher gemacht, hier Fuß zu fassen. Aber so war es nun einmal nicht. Und gut Ding wollte eben Weile haben, und das Leben war ja auch kein Ponyhof oder so ähnlich.

Mit der Zeit wurden die Kollegen im Umgang mit ihr zwar etwas entspannter, dennoch bestand weiterhin eine gewisse Distanziertheit, die allerdings, so musste Marie fairerweise zugeben, nicht allein von den Kollegen ausging. Dabei hätte es vermutlich geholfen, wenn Marie die ein oder andere Einladung zu diversen Festivitäten oder Ausflügen im Kollegenkreis einfach einmal angenommen hätte. Hatte sie aber nicht.

Als sie sich umsah, stellte sie fest, dass die Kollegen bereits alles großräumig abgesperrt hatten. Sehr vorbildlich, freute sich Marie.

Unter einer Plane, die etwa zehn Meter zu ihrer Linken ausgebreitet lag, zeichneten sich menschliche Umrisse ab.

Als sie unter der Absperrung hindurchtauchte, kam ihr bereits Döbele entgegen.

Jan Döbele war mit seinen achtundzwanzig Jahren gut fünfzehn Jahre jünger als sie selbst und seit wenigen Monaten mit ihr gemeinsam im Einsatz. Er war groß, athletisch, hatte eine jungenhafte Ausstrahlung, die durch seine dunklen Locken noch unterstrichen wurde. Die meisten Menschen, die Kollegen inbegriffen, würden ihn wohl als sympathisch bezeichnen.

Marie hatte dabei den Eindruck, dass er sich bislang in seinem Leben noch nicht sonderlich hatte anstrengen müssen, um gut an- und voranzukommen. Und genau das störte sie. Insbesondere wenn er ihr mit seiner teilweise flapsigen, manchmal etwas unbeholfenen Art gegenübertrat und sie das Gefühl hatte, dass er stets für irgendetwas gelobt werden wollte. Letzteres hatte allerdings mittlerweile stark nachgelassen. Scheinbar hatte er endlich verstanden, dass er da seitens Marie nicht allzu viel zu erwarten hatte.

Er hielt ihr eine Hand entgegen, die sie jedoch nicht ergriff. Döbele zog seine Hand daher schnell wieder zurück und lächelte unsicher.

»Guten Morgen Döbele«, sagte Marie zu dem jetzt leicht errötenden Kollegen.

»Guten Morgen, Frau Eisele. Hier ist ganz schön was los, oder?«, entgegnete ihr Döbele.

Marie sah sich jetzt genauer um. »Kann man so sagen.« Es waren insgesamt gut zehn Kolleginnen und Kollegen vor Ort. Gerade kamen noch zwei hinzu. Schmidt und Svenska.

Marie grüßte die beiden im Vorbeigehen.

»Wissen wir schon, wer sie ist?«

»Wer wer ist?« Döbele stolperte beinahe über eine Wurzel, die er übersehen hatte.

»Die Tote, Döbele. Der leblose Körper unter der Plane dort drüben.«

»Ach so, ja. Nee. Wissen wir noch nicht. Hatte keinen Ausweis dabei. Aber ich glaube, Herr Schmidt hat da eventuell etwas für uns.«

Marie winkte dem Kollegen Schmidt zu und lief dann, dicht gefolgt von Döbele, in seine Richtung.

»Hatte sie ein Handy dabei? Doch bestimmt, oder?«

»Bis jetzt haben wir da wohl nichts gefunden. Nein.« Döbele schüttelte den Kopf, sodass seine dunklen Locken ein paar Male die Richtung wechselten.

»Okay. Sie wird aber doch mit Sicherheit nicht ohne Handy unterwegs gewesen sein, oder?«, meinte Marie.

Der junge Kommissar zuckte mit den Schultern.

»Morgen Marie. Morgen Herr Döbele.«

»Guten Morgen.« Marie nickte den Kollegen Schmidt und Svenska zu.

»Heute Morgen haben wir einen Anruf reingekriegt. Eine Vermisstenmeldung. Alter und Geschlecht passen auf jeden Fall.« Manni, Manfred Schmidt, war bereits seit den 80ern dabei und stand mittlerweile kurz vor seiner Pensionierung. Außendienst war nicht mehr so ganz sein Ding, wenn es das überhaupt jemals gewesen war. Daher saß er meist auf der Wache und nahm die eingehenden Anrufe entgegen. Die übrigen Kollegen ließen ihn dabei gerne gewähren.

Babsi, Barbara Svenska, begleitete ihn. Babsi kratzte ebenfalls schon an der sechziger Marke. Sie und Manni verstanden sich gut. So gut, dass man gelegentlich meinen konnte, man habe ein altes Ehepaar vor sich, fand Marie. Vielleicht, so hatte Marie schon des Öfteren überlegt, hatten die beiden ja mal was miteinander … Aber natürlich ging sie das nichts an und jemanden aus dem Kollegenkreis darauf anzusprechen, um mehr über die Beziehung zwischen den beiden zu erfahren, kam für sie definitiv nicht infrage.

Manni hielt Marie einen Computerausdruck hin. Die Kommissarin las das Geschriebene laut vor, um alle daran teilhaben zu lassen. »Annegrit Lind, 17 Jahre alt, wohnhaft in der Steinstraße 24. Die Mutter hat sie heute Morgen um 7:45 Uhr als vermisst gemeldet.« Sie sah kurz auf und schien zu überlegen. »Da wir hier im Augenblick nicht allzu viel tun können, würde ich sagen, wir fahren da jetzt mal vorbei. Auf geht's Döbele.«

»Wollen Sie sich nicht noch die, äh, Verblichene ansehen?«, fiel Döbele ein.

Marie sah Döbele einen Moment lang an, der daraufhin ein wenig verlegen zu Boden sah. »Natürlich mache ich das. Liegt ja quasi auf dem Weg, gell?!«

Marie und hinter ihr Döbele bahnten sich ihren Weg zwischen den Kollegen hindurch, die damit beschäftigt waren, alles genauestens zu untersuchen.

An der Leiche angekommen bedeutete Marie dem jungen Kommissar mit einem unmissverständlichen Kopfnicken die Plane anzuheben, was dieser mit ein wenig spitzen Fingern, wie ihr schien, auch tat.

Zum Vorschein kam das Gesicht einer jungen Frau. Eingerahmt von dunklem Haar, dass ihr bis über die Schulter reichte.

Unter ihrem Kopf hatte sich eine kleine Blutlache gebildet. Sie lag auf dem Bauch, das Gesicht zur rechten Seite gedreht. Die verklebten Haare an ihrem Hinterkopf, ließen eine Wunde vermuten. Ob es noch weitere Verletzungen gab, konnte Marie nicht erkennen.

»Das reicht.« Marie, die kurz neben der Leiche niedergekniet war, um besser sehen zu können, war bereits aufgestanden.

»Lassen Sie uns jetzt zu der Adresse in der Steinstraße fahren.«

Erstkontakt

Das Haus der Familie Lind lag am Ende der Straße. Als sie sich dem Haus näherten, ging Marie durch den Kopf, dass sie eigentlich lieber zu Fuß gegangen wäre. Ein wenig mehr frische Luft hätte ihr sicher gutgetan. Aber egal. Später würde sie ohnehin noch eine Runde mit ihrem Mischlingsrüden Eddy drehen.

Sie parkten den BMW vor einem der roten Backsteinhäuser. Die Einfamilienhäuser in der Straße schienen alle aus derselben Zeit zu stammen. Marie tippte auf die späten siebziger, frühen achtziger Jahre. Gepflegte Vorgärten reihten sich hier aneinander. Kleinwagen standen auf den Grundstücken vor den Garagen. So war es auch beim Haus der Familie Lind.

Döbele, der seit ein paar Wochen versuchte, mit dem Rauchen aufzuhören, griff nach seiner E-Zigarette, steckte sie aber sofort wieder zurück in seine Jackentasche, als er Maries missbilligendem Blick begegnete.

Eltern mitzuteilen, dass ihr Kind womöglich Opfer eines Gewaltverbrechens geworden war, zählte auch nicht gerade zu Maries Lieblingsaufgaben. Aber es gehörte nun einmal dazu. Dennoch konnte sie die offensichtliche Angespanntheit des Kollegen, der einer derartigen Gefühlslage bislang mit Rauchen begegnet war, gut nachvollziehen. Allerdings reichte ihr Verständnis dann wiederum auch nicht so weit aus, als dass sie ihn, was seine Rauchgewohnheiten betraf, gewähren ließ. Wobei sie sich selbst nicht ganz darüber im Klaren war, ob sie der Rauch an sich überhaupt störte oder ob es nicht vielmehr die Tatsache war, dass es Döbele war, der diesen produzierte.

Was ihren aktuellen Fall betraf, so war es natürlich noch gar nicht sicher, ob es sich bei dem toten Mädchen tatsächlich um Annegrit Lind handelte. So gesehen mussten sie ihrer Mutter nun immerhin keine Todesnachricht überbringen, was es für sie etwas einfacher machte.

Allerdings wäre es schon ein merkwürdiger Zufall, wenn in diesem kleinen Ort zugleich ein Mädchen als vermisst gemeldet und ein anderes tot aufgefunden würde, dachte Marie. Zumindest, so war sie sich sicher, müsste es dann doch sicherlich einen Zusammenhang geben.

In jedem Fall aber war Marie gespannt, was sie gleich erwarten würde.

Döbele folgte Marie den kurzen gepflasterten Weg entlang, der zu der weiß gestrichenen Haustür führte. Maries Blick schweifte über einen sehr gepflegt aussehenden Vorgarten. Jemand schien sich viel Mühe damit zu geben, was durch die geschickt platzierten Blumenarrangements offensichtlich wurde.

Obwohl der Sommer sich bereits seinem Ende zuneigte, blühten hier diverse Blumen in ihrer schönsten Pracht, ohne dass Marie sie jedoch hätte benennen können. Leider fiel dies nämlich nicht gerade in ihren Kompetenzbereich, was sie mittlerweile das ein oder andere Mal beim Betrachten ihres eigenen kleinen Gartens bedauert hatte, in dem lediglich ein paar Gänseblümchen ihre Köpfe in den Himmel reckten. Nein, Pflanzen und Blumen waren wirklich nicht gerade Maries Spezialgebiet.

Auf dem Treppenabsatz stand ein Körbchen mit einem Arrangement von Efeu und kleinen Margeriten und rundete das Bild noch einmal geschmackvoll ab.

Auf dem Klingelschild an der Hauswand darüber standen zwei Namen. Lind und Eberle, mit einem diagonalen Strich voneinander getrennt. Handgeschrieben.

Marie überlegte, dass das provisorisch wirkende Namensschild eigentlich nicht recht zu dem akkuraten Vorgarten und dem Rest des Einfamilienhauses mit den ordentlich gestrichenen weißen Holzfensterrahmen passen wollte. Vielleicht war man hier aber auch einfach noch nicht dazu gekommen ein neues anfertigen zu lassen.

Kurz sah sie hinüber zu Döbele, der ihr zunickte und ihr damit bestätigte, dass er so weit war. Es war sein erster Einsatz dieser Art.

Als sie die Klingel betätigte, ertönte ein Dreiklang-Gong. Kurz darauf wurde die Tür geöffnet.

»Ja?« Eine Frau, die Marie auf etwa fünfzig schätzte, öffnete ihnen die Tür. Ihr schlanker, hochgewachsener Körper steckte in einem geblümten knöchellangen Kleid. Die dunklen langen Haare hatte sie zu einem Knoten hochgesteckt, aus dem sich einige Strähnen gelöst hatten, die sie rasch hinter die Ohren zu schieben versuchte.

Abgesehen von der Tatsache, dass dies hier das Haus der Familie Lind war, ließen die hektischen roten Flecken auf Gesicht und Hals der Frau Marie vermuten, dass es sich dabei um Annegrits Mutter handelte.

»Frau Lind?«

»Ja, Sabine Lind«, bestätigte die Frau ihnen auch sofort.

»Und wer sind Sie?«

»Marie Eisele, Kriminalpolizei. Und das ist mein Kollege Jan Döbele.« Marie hielt ihr ihren Dienstausweis hin.

»Kriminalpolizei? Ist es wegen Annegrit?«

Marie nahm wahr, dass die Frau unter den roten Flecken blass wurde.

»Wir würden gerne für einen Moment reinkommen Vielleicht können wir uns irgendwo hinsetzen?«

Frau Lind gab die Tür frei und machte eine Handbewegung in Richtung einer modern eingerichteten Wohnküche, die sich direkt neben dem Eingang befand.

Marie fiel auch hier auf, dass alles sehr ordentlich wirkte. Beinahe schon akkurat. Sie hatte sich schon immer gefragt, wie Leute es schafften, dass nirgendwo etwas herumlag oder -stand und man gefühlt nirgends auch nur ein Staubkorn entdecken konnte.

Die Küchenschränke jedenfalls wirkten, als habe sie jemand gerade erst frisch abgewischt. Keinerlei Gläser, Teller oder benutztes Besteck befanden sich auf der Anrichte, was in Marie zu Hause eigentlich immer der Fall war. Der Geschirrspüler lief und summte dabei leise vor sich hin.

Frau Lind stand unschlüssig in der Küche, bis Marie sie, mit einem kurzen Kopfnicken, zum Sitzen aufforderte.

Zögerlich setzte sich Frau Lind auf einen der Küchenstühle, die um einen weißen Tisch herumstanden. Ihre Hände tasteten suchend umher, bis sie schließlich einen Kugelschreiber fanden, den sie fest umschlossen.

Marie fiel auf, dass jemand Namen auf einem Blatt Papier notiert hatte. Fast jeder dieser Namen war abgehakt. Daneben lag ein Handy.

Döbele war im Türrahmen stehen geblieben und lehnte jetzt sachte dagegen, so als wäre er unschlüssig, ob er sich ebenfalls setzen sollte.

Die Kommissarin nahm gegenüber von Frau Lind Platz.

»Der Kollege im Revier hat uns darüber informiert, dass Sie ihre Tochter Annegrit heute Morgen als vermisst gemeldet haben. Seit wann ist sie denn weg?«, begann Marie.

»Ich weiß es nicht genau. Als ich heute Morgen von der Nachtschicht im Krankenhaus nach Hause bin, da habe ich wie immer, einen Blick in ihr Zimmer geworfen, auch um sie für die Schule zu wecken und gesehen, dass sie nicht da ist. Das war so gegen Viertel nach sieben ungefähr, denke ich.« Frau Lind knetete den Kugelschreiber jetzt fester. »Dass Annegrit einfach so wegbleibt, das hat es noch nie gegeben«, fügte sie beunruhigt hinzu.

»Ihre Tochter ist siebzehn, richtig?«, wollte Marie wissen.

»Genau.«

»Und war sonst noch jemand hier, außer Ihnen?«

»Nein. Ich war allein. Micha, also Michael Eberle, mein Lebensgefährte, war gestern nicht hier. Er kommt erst heute Nachmittag von einer kurzen Geschäftsreise zurück.«

»Okay. Und wo genau war beziehungsweise ist er da gerade? Wissen sie das?«

Frau Lind sah Marie irritiert an.

»Wozu wollen Sie das denn wissen?«

»Wir fragen einfach alles ab, was irgendwie mit ihrer Tochter zu tun haben könnte. Das ist ganz normal. Hinterher schauen wir, was davon relevant sein könnte, sollte ihre Tochter tatsächlich nicht wieder auftauchen.«

Frau Lind sah jetzt erschrocken von einem zum anderen.

»Was heißt das, wenn sie nicht wieder auftauchen sollte? Gehen Sie denn davon aus?«

Marie bemerkte erst jetzt, dass ihre Formulierung alles andere als geschickt gewesen war.

»Oh, nein. Tut mir leid, Frau Lind. So habe ich das natürlich nicht gemeint. Ich wollte damit nur sagen, dass wir alle Informationen sammeln, die uns in ihrem Fall weiterhelfen könnten. Das ist gewissermaßen Standard«, versuchte Marie die Situation zu retten.

»Ach so.« Frau Lind nickte und fuhr zu Maries Erleichterung mit ihrer Antwort fort. »In Hamburg. Also, Michael ist in Hamburg. Dort gibt es eine Zweigniederlassung der Firma, in der er arbeitet. Er ist Prokurist. Die Firma verkauft Kantprofile, falls sie das interessieren sollte.«

»Ja, danke. Und sie selbst arbeiten im Krankenhaus? Als was?«

»Ich arbeite dort als Anästhesieassistentin, habe aber nur eine halbe Stelle – schon allein wegen Annegrit«, fügte sie hinzu.

»Haben Sie vielleicht ein Foto von ihrer Tochter für uns?«

Marie sah sich suchend um, konnte aber abgesehen von einem abstrakten Schwarzweißdruck an der Wand über dem Esstisch keinerlei Bilder entdecken.

Sabine Lind stand von einem kurzen Seufzer begleitet auf und verließ den Raum. Kurz darauf kam sie mit einem eingerahmten Bild in der Hand wieder zurück.

»Hier, das ist sie. Das ist Annegrit.«

Auf dem Foto war eine sehr attraktive, sportlich wirkende junge Frau zu sehen, die in die Kamera strahlte. Sie trug einen Turndress und hielt einen Pokal in die Luft.

»Das war vor zwei Wochen«, fügte Frau Lind, nicht ohne Stolz, hinzu.

»Okay.« Marie betrachtete das Foto. Jetzt bereute sie es, dass sie sich die Tote unter der Plane nicht genauer angesehen hatte. Das Mädchen auf dem Foto hatte zwar ebenfalls dunkle lange Haare, so wie die junge Frau, die sie tot aufgefunden hatten, aber sie war sich beim besten Willen nicht sicher, ob es sich dabei um ein und dieselbe Person handelte. Irgendwie, so fand Marie, sahen die ja heutzutage doch alle gleich aus.

»Haben Sie schon nachgesehen, ob Annegrit ihr Handy mitgenommen hat? Oder ihren Ausweis?«

»Ihr Portemonnaie mit dem Ausweis darin liegt oben. Ein Handy habe ich hier nicht gefunden. Ich habe ja auch schon mehrfach versucht, sie anzurufen und habe es nirgends klingeln gehört.«

»Vermutlich haben Sie es auch bereits bei Freunden und Bekannten versucht?«

»Ja, das habe ich natürlich. Ich habe mir alle Namen notiert, die mir eingefallen sind und sie der Reihe nach angerufen. Alle habe ich aber nicht erreicht, wie sie sehen.« Frau Lind deutete auf die fehlenden Haken hinter den notierten Namen auf ihrer Liste.

»Verstehe. Und niemand hatte eine Idee dazu, wo Annegrit sein könnte?«

»Nein. Niemand.« Jetzt traten Tränen in die Augen von Frau Lind und sie griff nach einem Päckchen Taschentücher, das ebenfalls auf dem Tisch lag.

»Macht es Ihnen etwas aus, wenn wir uns die Liste abfotografieren?«, Marie sah Frau Lind fragend an, obwohl sie nicht davon ausging, dass sie etwas dagegen haben würde.

»Nein. Natürlich nicht«, kam dann auch die erwartete Reaktion.

»Wir würden dann, wenn Sie nichts dagegen haben, versuchen, die weiteren Personen auf der Liste anzurufen.«

Frau Lind nickte stumm.

Marie machte ein Foto mit ihrem Handy und stellte mit einem Blick auf ihren Kollegen fest, dass dieser sich ein paar Notizen machte.

»In Ordnung. Danke, Frau Lind. Wir gehen jetzt erst einmal wieder und melden uns dann bei Ihnen, sobald wir mehr wissen. Bitte melden Sie sich auch umgehend bei uns, falls Sie etwas Neues für uns haben, okay?«

»Okay.« Frau Lind schniefte in ihr Taschentuch.

Als sich die Haustür hinter ihnen geschlossen hatte, warf Marie einen Blick auf Döbele, der die ganze Zeit über kein Wort gesagt hatte und dem jetzt ein von Herzen kommendes »Oh Mann« entfuhr.

Er hatte bereits etwas genauer unter die Plane gesehen und war sich ziemlich sicher, jetzt, da er das Foto von Annegrit in Händen hielt, dass es ein und dasselbe Mädchen war.

»Vermutlich müssen wir die Liste gar nicht weiter durchtelefonieren, um Annegrit zu finden, oder?«

»Vermutlich nicht, Döbele. Warten wir aber erst einmal ab. Das Mädchen wird sicherlich bald in der Gerichtsmedizin sein, und dann wissen wir mehr.«

Beinahe hatte Marie in diesem Moment so etwas wie Mitleid mit dem jüngeren Kollegen. Sie konnte sich noch gut an ihr erstes Mal erinnern, als sie ihre erste Leiche als Fall zugewiesen und sie es mit der Familie der Toten zu tun bekommen hatte. Auch damals hatte es sich um eine junge Frau, die nur ein paar Jahre älter als Annegrit gewesen war, gehandelt.

Und auch wenn es in ihrem jetzigen Fall noch nicht zu hundert Prozent sicher war, dass es sich bei dem Opfer tatsächlich um Annegrit Lind handelte, so war es doch alles andere als einfach, mit den Emotionen und dem Leid der

Menschen zurechtzukommen, die einen ihnen nahestehenden Menschen als vermisst meldeten. Noch schwieriger wurde es, wenn sie jemandem mitteilen mussten, dass ein geliebter Mensch schwer verletzt wurde oder gar ums Leben gekommen war.

Mit der Zeit allerdings hatte Marie sich beinahe daran gewöhnt. Sie musste jedoch zugeben, dass sie viel lieber ermittelte, als schlechte Nachrichten zu überbringen.

»Können Sie noch oder brauchen Sie eine Pause?«, versuchte sie den jungen Kollegen daher aus seinen düsteren Gedanken zu holen. »Wir könnten einen Kaffee trinken gehen. Ich habe meinen heute Morgen nämlich nicht ganz austrinken können«, fügte sie hinzu.

Döbele nickte dankbar und Marie fuhr mit ihm zurück zum Hafen, was mangels Ampeln und Verkehr, anders als in Hamburg, nur wenige Minuten dauerte.

»Na, wieder da? Und diesmal nicht allein!« Lina, die in etwa demselben Alter wie Jan Döbele war, warf dem gutaussehenden jungen Kommissar einen langen, interessierten Blick zu, der auch Marie nicht entging. Döbele selbst schien davon jedoch nichts mitzubekommen. Zumindest aber ließ er sich diesbezüglich nichts anmerken und Marie beschloss, ihrerseits das Gleiche zu tun.

Sie bestellten zwei Tassen Kaffee und zwei Krabbenbrötchen.

»Kommen sofort.« Lina setzte ihr charmantestes Lächeln auf, als sie den Kaffee servierte. Doch auch dieses Mal zeigte Döbele sehr zu Linas Bedauern keinerlei Reaktion.

Mit ihren Tassen und den Krabbenbrötchen in Händen stellten sie sich an einen der Stehtische mit Blick auf den Hafen. Döbele biss dankbar hinein und auch Marie freute sich über etwas Handfestes in ihrem leeren Magen. Das Frühstück hatte sie heute Morgen, wie so oft in letzter Zeit, wieder einmal ausfallen lassen.

»Besser?« Marie sah Döbele über ihre dampfende Tasse hinweg an.

»Ja, es geht schon wieder. Danke.«

Obwohl ihr der Kollege beinahe schon ein wenig leidtat, war Marie froh, dass er endlich einmal nur still dastand und nicht pausenlos redete oder Fragen stellte, wie es sonst üblicherweise der Fall war.

Wenn sie ehrlich zu sich selbst war, hatte sie sich allerdings schon das ein ums andere Mal die Frage gestellt, ob sie eventuell zu Beginn ihrer Karriere ein ganz ähnliches Verhalten an den Tag gelegt und ihren Kollegen womöglich ebenfalls mitunter mit ihren Fragen und, wie sie damals geglaubt hatte, hilfreichen Hinweisen und Ideen auf die Nerven gegangen war. Sie musste zugeben, dass dies sogar recht wahrscheinlich war. Diesen Gedanken schob sie in der Regel allerdings sofort wieder beiseite und konzentrierte sich lieber darauf, den Kollegen in seine Schranken zu verweisen.

Nach einer schweigsamen Viertelstunde fuhren sie gemeinsam zurück zur Wache, auf der die Kollegen sie bereits erwarteten.

Marie gab das Foto, das sie von Frau Lind bekommen hatten, direkt an Manni weiter. Zuvor fotografierte sie jedoch das Bild mit ihrem Handy ab und machte sich dann auf den Weg in die Gerichtsmedizin.

Döbele ließ sie auf der Wache zurück.

Leichenschau

Das Gebäude, in dem sich die kleine Gerichtsmedizin befand, lag etwa eine Viertelstunde vom Revier entfernt. Auf dem Parkplatz standen noch zwei weitere Fahrzeuge. Eines davon, ein alter, aber hübsch restaurierter, VW-Bus, gehörte Sonja Maslow, der Gerichtsmedizinerin. Marie parkte ihren BMW direkt daneben.

Als sie die Klingel betätigte, um eingelassen zu werden, erschien die Gerichtsmedizinerin persönlich an der Tür.

»Hallo, Sonja.«

»Hey, Marie. Sie liegt drinnen.«

Dass Sonja immer direkt auf den Punkt kam, gefiel Marie an ihr. Sie und Marie duzten einander, obwohl sie sich bislang nur einige wenige Male begegnet waren. Vielleicht lag es daran, dass sie in etwa im selben Alter waren oder daran, dass Sonja ebenfalls für einige Jahre in Hamburg gelebt hatte. Marie wusste es nicht. Jedenfalls waren sie sich auf Anhieb sympathisch.

Sonja Maslow ging voraus und Marie folgte der erfahrenen Gerichtsmedizinerin in den Obduktionssaal.

Aufgebahrt in der Mitte des Raums erkannte Marie einen Körper, der auf einem der beiden Tische lag.

»Bereit?«, wollte Sonja wissen.

»Na klar«, entgegnete Marie, ohne zu zögern.

Sonja Maslow öffnete den Reißverschluss des Leichensacks. Und auch wenn die Gesichtszüge des toten Mädchens vor ihnen nichts mit dem strahlenden Lächeln auf dem Foto von Annegrit von vor wenigen Wochen gemein hatten, so war sich Marie jetzt doch sehr sicher, dass sie es war.

»Wisst ihr mittlerweile denn, wer sie ist?«, wollte die Gerichtsmedizinerin wissen.

»Ich denke jetzt schon«, entgegnete Marie mit leichtem Bedauern in der Stimme. Natürlich war es gut, Gewissheit zu haben, dennoch war es auch schade um die junge Frau, deren Leben ein viel zu frühes und noch dazu gewaltsames Ende gefunden hatte.

Marie öffnete das Foto auf ihrem Handy und hielt es Sonja hin.

»Ja. Das denke ich auch«, setzte diese mit einem bedauerndem Gesichtsausdruck hinzu.

»Hast du sie dir schon etwas genauer ansehen können, Sonja?«

»Nur kurz. Wie du ja sicherlich schon weißt, wurde sie erschlagen. Der erste Schlag dürfte sie an der Schläfe erwischt haben. Der zweite traf dann ihren Hinterkopf. Der war dann wohl im Übrigen auch tödlich. Die Tatwaffe haben wir allerdings noch nicht finden können. Könnte ein großer Stein gewesen sein oder etwas Ähnliches.«

»Ein Stein?«

»Genau. Allerdings einer mit einer Ecke, die spitz genug ist, um eine solche Wunde, wie wir sie hier sehen, zu verursachen.« Sonja schob die Haare am Hinterkopf der Toten ein wenig beiseite und deutete auf eine klaffende Wunde, die sich darunter befand. »So genau habe ich sie mir, wie gesagt, aber noch nicht angesehen.«

»Wenn es tatsächlich ein Stein war, dann könnte sich das Ganze also auch ganz spontan ereignet haben. An der Stelle, wo das Mädchen lag, liegen ja genug Steine herum«, überlegte Marie laut.

Die Gerichtsmedizinerin nickte zustimmend.

»Wann war denn der Todeszeitpunkt?«

»Das muss so zwischen acht und neun Uhr gestern Abend gewesen sein.«

»Weißt du, ob sie was getrunken hatte? Drogen?«

»Nein, das habe ich noch nicht gecheckt. Mache ich aber gleich. Ich gebe dir dann Bescheid, sobald ich mehr weiß.«

Marie nickte. »Gibt es irgendwelche Anzeichen für eine Vergewaltigung? Vielleicht hat ja auch was Freiwilliges stattgefunden? Wäre ja möglich.«

»Nein. Sieht nicht danach aus. Checke ich aber natürlich auch noch.«

»Sonst schon etwas, das dir aufgefallen ist?«

»Auf den ersten Blick nicht viel. Es gibt keinerlei Abschürfungen oder irgendwelche Verletzungen, die darauf hindeuten, dass sie sich gewehrt hätte. Vielleicht kannte sie ihren Mörder oder sie hat einfach nicht mit der Tat gerechnet.«

»Na, das ist doch immerhin etwas. Danke. Dann warte ich jetzt mal ab, was du noch so herausfindest.«

»Gut und ich mache hier mal weiter.«

Sonja wandte sich bereits wieder dem Leichnam zu und Marie beschloss, zur Wache zu fahren.

Wache

Als Marie zurück zur Wache kam, saß Kommissar Döbele an seinem Schreibtisch in ihrem gemeinsamen Büro, das zum Glück im Vergleich zu den übrigen Räumlichkeiten der kleinen Wache recht großzügig gehalten war. Er schien irgendetwas auf seinem Computer zu überprüfen. Zumindest ließ sein konzentrierter Gesichtsausdruck dies vermuten.

Anders als sonst waren heute alle sehr beschäftigt. Auf ihrer alten Wache in Hamburg war das eigentlich immer so. Hier auf dem Land ging es dagegen deutlich ruhiger zu. Und grundsätzlich gefiel Marie das auch. Nur manchmal sehnte sie sich die Aufgeregtheit von Hamburgs Straßen eben doch zurück.

Da die Wache klein und alle in Hörweite waren, war es einfach, alle gleichzeitig zusammenzutrommeln. »In fünf Minuten im Besprechungszimmer«, rief Marie. Keine drei Minuten später waren bereits alle versammelt, und Marie ergriff das Wort.

»Also denn. Die Tote ist tatsächlich Annegrit Lind. Döbele und ich waren vorhin bei der Mutter und haben uns ein Foto geben lassen. Vielleicht habt ihr es mittlerweile ohnehin schon gesehen. Wir werden gleich noch die Eltern informieren müssen. Ich übernehme das. Wer von euch begleitet mich dabei?«

Zu Maries Überraschung hob Döbele ohne zu zögern die Hand. Sie sah die Erleichterung auf den Gesichtern der anderen. Darum riss sich natürlich niemand.

Sie gab den Kollegen Bolle und Johannsen den Auftrag, sich derweil in Annegrits Sportverein umzuhören.

Manni würde weiterhin den Telefondienst übernehmen.

Nachdem alle momentanen Fragen fürs Erste beantwortet waren und alle wussten, was zu tun war, erklärte Marie die Besprechung für beendet.

Die Sanitäter hatten der Mutter ein Beruhigungsmittel verabreicht und bereits ihren Lebensgefährten informiert, der nun ebenfalls unterwegs nach Hause war. Es würde sicher nicht mehr allzu lange dauern, bis er vor Ort eintraf.

Nachdem Marie den Kollegen Döbele zurück zum Tatort geschickt hatte, bevor dieser sie hier am Ende zusätzlich nervös machen würde, beschloss sie, draußen auf Annegrits Stiefvater zu warten. Sie sah die Straße hinunter, an deren rechter und linker Seite sich ein Einfamilienhaus ans andere reihte. Die Häuser unterschieden sich auf den ersten Blick kaum voneinander. Sie hatten alle in etwa dieselbe Größe, die Fassaden bestanden aus rotem Backstein, alle hatten Vorgärten, die den bescheidenen Wohlstand, in dem diese Menschen lebten, noch unterstrichen. Vor den meisten von ihnen parkte ein Kleinwagen, der verriet, dass, obwohl es ein Wochentag war, jemand zu Hause war. Offensichtlich konnte man es sich hier leisten. Im Falle der Familie Lind, war das Auto weiß. Opel Adam. Der Kommissarin fiel eine kleine Beule hinten links auf, die aber kaum der Rede wert war.

Auch Marie hatte sich ein solches Leben für sich selbst einmal vorgestellt. Ein Haus auf dem Land mit einem Garten, um den sie sich kümmern würde und dazu vielleicht ein oder zwei Kinder. Die Sache mit den Kindern erübrigte sich jedoch, als sich bei ihr mit Ende dreißig herausstellte, dass sie selbst keine Kinder bekommen konnte.

Rückblickend war das wohl der Anfang vom Ende ihrer Beziehung mit Basti – auch wenn dieser immer behauptet hatte, dass es ihm nichts ausmache, keine Kinder zu bekommen und sie auch zu zweit irgendwann auf dem Land glücklich werden würden.

Marie bemerkte eine sich bewegende Gardine in einem der gegenüberliegenden Häuser. Natürlich blieb ihr Auftauchen hier nicht unbemerkt und man wunderte sich sicherlich bereits über die Geschehnisse im Hause Lind. Sie rechnete damit, dass es nicht allzu lange dauern würde, bis eine der Nachbarinnen hier persönlich erschien.

Während sie noch darüber nachdachte, sah sie ein Auto auf sich zukommen. Audi Limousine. Der Wagen hielt in der Einfahrt direkt neben ihr. Als die Fahrertür aufging, kam ein Mann mit leicht ergrauten Schläfen zum Vorschein. Durchaus nicht unattraktiv, wie Marie feststellte. Als er sie fragend ansah, hielt Marie ihm eine Hand entgegen.

»Marie Eisele. Kripo Schovenbüll. Herr Lind?«

»Eberle. Mein Name ist Michael Eberle.« Michael Eberle ergriff zögerlich die Hand, die Marie ihm hinhielt.

»Ach so. Entschuldigung, ja richtig«, erwiderte Marie, die sich darüber ärgerte, dass ihr das gerade entfallen war.

»Was ist passiert? Was ist mit Annegrit? Am Telefon war nur die Rede davon, dass etwas mit ihr sei und ich sofort nach Hause kommen soll.«

Mittlerweile war Herr Eberle aus dem Wagen gestiegen. Er überragte Marie um mindestens einen Kopf, was bei ihrer Größe von beinahe einem Meter achtzig nicht allzu oft vorkam.

»Vielleicht sollten wir drinnen darüber sprechen?« Marie sah ihr Gegenüber abwartend an.

Michael Eberle machte keinerlei Anstalten, sich zu bewegen. »Wenn etwas mit ihr ist, dann will ich es jetzt sofort erfahren.«

»In Ordnung.« Marie holte tief Luft. »Dann muss ich Ihnen jetzt leider mitteilen, dass wir Annegrit tot aufgefunden haben. Zum jetzigen Zeitpunkt sieht es danach aus, dass sie Opfer eines Gewaltverbrechens geworden ist.«

Der große Mann zuckte zusammen und wurde blass. Mit einer Hand hielt er sich am Autodach fest.

»Entschuldigung. Damit hatte ich nicht gerechnet.«
Marie nickte verstehend und gab ihm etwas Zeit, um sich wieder zu sammeln.
»Soll ich Ihnen vielleicht jemanden rufen?«, fragte sie vorsichtig. »Die Sanitäter sind noch drinnen bei ihrer Lebensgefährtin. Oder vielleicht unseren Notfallseelsorger? Er ist bereits informiert und könnte in wenigen Minuten hier sein.«
»Nein. Danke. Ich brauche nur einen Moment.«
»Gut.« Marie wartete geduldig.
»Ist sie ... Ich meine, wurde sie ...«
Marie schüttelte den Kopf. »Nein. Sie wurde, so wie es bis jetzt den Anschein macht, nicht vergewaltigt, wenn es das ist, was sie wissen möchten.«
Michael Eberle schluckte hörbar und nickte.
»Und wie ...?«
»Sie wurde erschlagen. Es ging sehr schnell, so wie es aussieht.«
Wieder nickte Michael Eberle.
»Ich kann das nicht wirklich glauben ... Wo ist sie denn jetzt?«
»Sie ist derzeit in der Gerichtsmedizin und wird dort genauer untersucht. Von einer sehr erfahrenen Kollegin«, fügte Marie hinzu.
Michael Eberle ließ das Autodach los und machte einige unsichere Schritte auf und ab, als überlege er, was als Nächstes zu tun sei.
»Wann kann ich sie sehen?«
»Sie können natürlich mit einem Bestattungshaus etwas vereinbaren. Sobald ihre Tochter von uns freigegeben wurde, können sie sie dann natürlich sehen.«
»Nein ... Ich meine, kann ich sie jetzt sehen?«
»Jetzt sofort?« Marie war irritiert.
»Ja, ... Ich meine, nachdem ich mich um Sabine gekümmert habe.«

»Also … Wenn Sie das wirklich wollen, dann kann ich versuchen, etwas zu organisieren. Ich werde in der Gerichtsmedizin nachfragen, ob das möglich ist. Ich kann aber natürlich nichts versprechen …«

»Bitte. Machen Sie das.« In Michael Eberles Blick lag ein so intensives Flehen, dass Marie zustimmte, sich darum zu kümmern.

Nachdem sie ihm zugesichert hatte, sofort Bescheid zu geben, wenn sie eine Antwort von der Kollegin aus der Gerichtsmedizin hatte, drehte sich Michael Eberle um und ging mit entschlossenen Schritten in Richtung Haus.

»Ich möchte jetzt zu Sabine. Wo ist sie?«

»Natürlich. Ich begleite sie.« Marie folgte dem Mann, der mit großen Schritten vorauslief, zum Haus. Dabei hatte sie einige Mühe mit ihm mitzuhalten.

»Sabine?«

Sabine Lind lag mittlerweile mit einer Decke ausgestattet auf der Couch. Die hektischen roten Flecken auf Gesicht und Hals waren jetzt gänzlich verschwunden. Nun war sie nur noch blass.

Als sie ihren Lebensgefährten sah, wirkte sie deutlich beherrschter, als Marie erwartet hatte. Das Beruhigungsmittel zeigte wohl endlich seine Wirkung. Dennoch liefen ihr Tränen über die Wangen.

Es war seltsam sie so daliegen zu sehen. Als Marie und Döbele ihr das erste Mal begegnet waren, hatte man ihr die Sorge um ihre Tochter zwar deutlich angesehen, dennoch hatte sie auf Marie wie eine der Frauen gewirkt, in deren Leben am Ende alles gut ausging und in dem alles nahezu perfekt wirkte, inklusive ihres Äußeren. Zum jetzigen Zeitpunkt war davon allerdings nicht mehr allzu viel übrig.

Wie schnell es doch gehen konnte, dass ein scheinbar perfektes Leben von einem Moment auf den anderen, wie ein Kartenhaus in sich zusammenstürzte …

Michael Eberle setzte sich neben seine Lebensgefährtin auf die Sofakante. Er nahm ihre Hand. Niemand sprach. Der Sanitäter, der bis jetzt bei Frau Lind geblieben war, verließ den Raum und nickte Marie im Gehen kurz zu. Auch Marie beschloss, die beiden für einen Moment sich selbst zu überlassen. So viel Zeit musste sein.

Sie lief in Richtung Terrassentür, die jetzt offenstand. Jemand hatte offenbar beschlossen, dass etwas frische Luft guttun würde. Draußen angekommen, schloss sie die Tür hinter sich, um für ein bisschen mehr Privatsphäre für die trauernden Eltern zu sorgen und atmete tief durch.

Auf der Terrasse befanden sich ein Tisch und vier Korbsessel. Außerdem sah sie, dass im Garten eine Hollywoodschaukel stand. So eine hatte sie sich eigentlich auch längst zulegen wollen. Irgendwie war sie aber noch nicht dazu gekommen.

In ihrer kleinen Hamburger Wohnung wäre dafür natürlich kein Platz gewesen. Aber hier ... Das war einer der Vorteile, wenn man auf dem Land lebte. Sie hatte eine Wohnung gefunden, zu der ein kleiner Garten gehörte, der Platz genug für eine solche Sitzgelegenheit bot. Während sie noch darüber nachdachte, ging hinter ihr die Tür auf und Michael Eberle, der nun ebenfalls mit den Tränen kämpfte, kam auf sie zu.

»Wollen wir uns setzen?« Er räusperte sich und wies dann auf den Tisch und die Stühle.

Marie nickte. Sie stellte fest, dass die Stühle sehr bequem waren. Zugleich kam sie sich ein wenig schäbig vor, in einem solchen Moment über die Anschaffung einer Hollywoodschaukel und den Sitzkomfort von Gartenstühlen nachzudenken. Manchmal, so rechtfertigte sie ihre Gedanken jedoch vor sich selbst, half es ihr nun mal über Banalitäten nachzudenken, wenn es ihr in ihrem Job emotional zu anstrengend zu werden drohte.

»Wo und … wie haben Sie Annegrit eigentlich gefunden?« Michael Eberle riss sie mit seiner Frage aus ihren Überlegungen.

»Eine Touristin hat Annegrit auf ihrer Joggingrunde entdeckt und uns angerufen. Sie lag unten am alten Kai.« Marie machte eine kurze Pause und befühlte unauffällig mit den Fingerspitzen die geflochtenen Armlehnen. Die glatte, feste Struktur hatte etwas angenehm Beruhigendes.

»Herr Eberle, war Annegrit eigentlich Ihre gemeinsame Tochter?«, wollte Marie nach einer kurzen Pause, die zwischen ihnen entstanden war, wissen.

»Sie war die Tochter meiner Frau. Zu dem leiblichen Vater besteht seit Jahren kein Kontakt mehr.«

»Verstehe.« Marie machte sich Notizen auf ihrem iPad.

»Dann sind Sie also so etwas wie ihr ‚Ersatzvater‘?« Marie zeichnete mit ihren Fingern Anführungszeichen in die Luft.

»Ersatzvater … Das klingt ja … Also ich kenne Annegrit seit sie acht Jahre alt ist. Mit Sabine, ihrer Mutter, bin ich dann zwei Jahre später zusammengekommen.«

»Sie kannten Annegrit bereits, bevor Sie eine Beziehung mit ihrer Mutter eingegangen sind?« Marie zog eine Augenbraue hoch und sah Michael Eberle fragend an.

»Ich war ihr Trainer. Bodenturnen. Ich trainiere die Mädchen, bis sie vierzehn Jahre alt sind. Dann wechseln sie in die Jugendmannschaft.«

»Ach so. Und darüber haben sie dann auch Annegrits Mutter kennengelernt?«

»Genau. Sabine hat oft auf der Bank gesessen und zugesehen. Annegrit war äußerst talentiert.«

»Und wann sind Sie dann zusammengezogen?«

»Das war ungefähr ein halbes Jahr nachdem wir zusammengekommen sind, denke ich.«

»Das ist schnell«, fand Marie.

»Es hat alles gut gepasst. Insofern ...«, rechtfertigte sich Herr Eberle.

»Natürlich. Das ist selbstverständlich auch völlig in Ordnung«, räumte Marie rasch ein, um Herrn Eberle nicht zu verärgern.»Und wie fand Annegrit das?«, hakte sie schließlich dennoch nach.

»Wir haben natürlich zuvor mit ihr darüber gesprochen. Ich denke, es war okay für sie. Zumindest hatte sie keine Einwände, wir haben uns ja auch zum Glück gut verstanden. Und ihr Vater war da bereits seit Jahren weg.«

»Okay. Wissen Sie, wie lange genau kein Kontakt mehr zum leiblichen Vater bestand?«

Herr Eberle kratzte sich an seinem Dreitagebart, der ihm trotz oder vielleicht sogar gerade wegen des Kontrastes zu seinem teuer aussehenden Anzug zu einem etwas verwegenen Aussehen verhalf.

»Ich denke, es sind jetzt dreizehn Jahre. Annegrit war vier, als er gegangen ist. Der Kontakt muss dann auch sehr schnell abgebrochen sein.«

»Und dann? Wo ist er hingegangen? Wissen Sie das?«

»Nein. Keine Ahnung. Es hieß zu Beginn, er wolle in Richtung Frankfurt ziehen. Meine Frau hat dann aber nichts mehr von ihm gehört. Das Jugendamt hat wohl noch eine Weile versucht, den Aufenthaltsort zu ermitteln. Schon allein wegen der Unterhaltszahlungen für das Kind. Erfolglos. Sabine hat dann einen sogenannten Unterhaltsvorschuss für Annegrit erhalten. Damit war die Sache für die beiden erledigt.«

»Und was war mit Freunden? Hatte Annegrit vielleicht einen festen Freund?«

»Sie hatte natürlich einige Freunde. Aber einen festen Freund …« Michael Eberle zögerte kurz. »Nein. Nicht, dass ich wüsste.«

»Und was ist mit den Freunden? Mit wem hatte sie so zu tun?«

»Es gab da ein paar Mädels und auch ein paar Jungs aus ihrer Klasse. Meine Lebensgefährtin kennt sich da sicher besser aus als ich.«

»Haben Sie vielleicht ein paar Adressen für mich?«

»Dazu müssen Sie Sabine befragen. Sie weiß da sicher mehr. Einen Namen kenne ich aber natürlich. Bea. Die beiden sind beste Freundinnen und trainieren auch zusammen.«

»Okay. Und der volle Name?«

»Beatrice Petersen. Sie wohnt im Meisenweg.«

Es klopfte an der Terrassentür, dann steckte Döbele den Kopf heraus.

»Frau Eisele?«

Marie sah kurz auf.

»Was gibt es denn?«

»Wenn Sie kurz mal kommen könnten?«

»Verzeihung.« Marie nickte Michael Eberle entschuldigend zu und folgte ihrem Kollegen in den Flur. Als sie die Tür hinter sich geschlossen hatte, sah Marie Döbele abwartend an.

»Ach so. Ja. Wir haben ein Handy gefunden. Im Wald. Nur wenige Meter von der Leiche entfernt. «

»Wer ist wir? Und wo genau?« Marie wippte ungeduldig mit den Füßen auf und ab.

»Die beiden Kollegen von unserer Spurensicherung meine ich. In dem Waldstück, das direkt zum Tatort führt. Also das, das da angrenzt.«

»Und ist es das Handy von Annegrit?«

»Das versuchen die Kollegen gerade herauszufinden.«

»Kolleginnen!«

»Was?«

»Es heißt ‚wie bitte‘ und wenn es sich um unsere eigene Spurensicherung handelt, dann sind es zwei Kolleginnen, die sich darum kümmern dürften. Sarina und Tonia«, stellte Marie klar.

»Sorry. Ja.« Döbele wurde rot, was Marie mit einer gewissen Befriedigung zur Kenntnis nahm.

»War es das? Sind sie deshalb extra wieder hergekommen?«

»Ja. Schon. Ich dachte, das interessiert Sie«, entgegnete Döbele mit einem ziemlich bedröppelten Gesichtsausdruck.

»Ja, danke. Ein Anruf hätte allerdings auch genügt. Und jetzt los. Schauen Sie mal, wen Sie noch mit Ihrer wertvollen Arbeit unterstützen können. Ach, und besorgen Sie mir eine Liste mit den Namen all derer, die näher mit Annegrit zu tun hatten. Vielleicht gibt es ja doch noch mehr Personen als die, die auf der Liste von Frau Lind stehen.«

»Mache ich.« Döbele entfernte sich mit hochgezogenen Schultern und eingezogenem Kopf in Richtung Küche.

Ob sie ein wenig übertrieben hatte? Manchmal, das wusste Marie, übertrieb sie es vielleicht tatsächlich ein wenig mit ihren Zurechtweisungen. Den Gedanken schob Marie allerdings rasch wieder beiseite. Schließlich gab es gerade Wichtigeres zu tun.

Marie ging vorbei an der auf dem Sofa liegenden und, wie es schien, jetzt endlich eingeschlafenen Frau Lind zurück zu Michael Eberle, der jetzt wieder mit den Tränen kämpfte.

»Ich weiß, das ist alles nicht einfach für Sie. Aber ich habe noch eine Bitte. Könnten Sie vielleicht ein paar Namen und wenn vorhanden Fotos zusammenstellen, die sie von Annegrit und den Personen aus ihrem näheren Umfeld haben? Wäre das möglich?«

»Natürlich. Ich kümmere mich darum und lasse sie Ihnen dann zukommen«, antwortete Herr Eberle und wischte sich dabei eine Träne aus dem Augenwinkel.

»Prima. Vielen Dank. Bevor ich gehe, würde ich gerne noch einen Blick in Annegrits Zimmer werfen, wenn das für Sie in Ordnung ist.«

»Ja, ja. Natürlich. Ich zeige es Ihnen.«

Michael Eberle ging voraus, wobei es so aussah, als bereite ihm gerade jeder Schritt, den er tat, große Mühen. Mit einem Seufzer öffnete er schließlich eine Tür am Ende des Flurs.

»Bitte. Das ist ... das war Annegrits Zimmer. Wenn Sie irgendetwas finden, das Ihnen weiterhilft, dann bedienen sie sich einfach.«

»Danke, Herr Eberle. Sie können jetzt gerne wieder zu ihrer Lebensgefährtin gehen. Ich mache das hier schon und finde dann allein raus. Wir hören voneinander, wenn es etwas Neues gibt.«

Sie überreichte Michael Eberle noch ihre Karte, bevor dieser sich zurückzog.

Marie sah sich in dem Zimmer um. Es war sehr modern eingerichtet. Alle Möbel waren in Weiß gehalten. Für einen Teenager ein sehr ordentliches Zimmer, wie Marie fand.

Es gab ein paar Fotos von Annegrit allein oder mit Freunden. Auf einem davon war sie mit ihren Eltern zu sehen. Wenn es sich nicht um eine Fotomontage handelte, dann war die Aufnahme wohl irgendwo im Urlaub entstanden. Der Strand, auf dem sie sich befanden, war traumhaft weiß. Eine Hängematte war zwischen zwei Palmen befestigt. Darin lag Annegrit im Bikini, die dem Fotografen mit einer Kokosnuss zuprostete. Rechts daneben standen Sabine Lind und Michael Eberle, der einen Arm um seine Lebensgefährtin gelegt hatte. Alle drei lächelten entspannt in die Kamera.

Auf einem Regalbrett, das über Annegrits Bett angebracht war, dessen Kissen und Decke unberührt aussahen, befanden sich zahlreiche Pokale.

Keine Frage, der Sport hatte in Annegrits Leben eine große Rolle gespielt.

An einem Haken an der Tür hingen eine Trainingshose und ein T-Shirt. Eine fertig gepackte Sporttasche stand in der Ecke.

Der Schreibtisch wirkte aufgeräumt. Darauf lag ein aufgeschlagenes Heft – Mathematik, wie Marie unschwer erkennen konnte. Es hatte den Anschein, als warte es nur darauf, dass gleich jemand etwas in es hineinschreiben würde.

In der Hoffnung, vielleicht so etwas wie ein Tagebuch zu finden, öffnete die Kommissarin einige Schubladen. Leider ohne Erfolg.

In Annegrits Schultasche fand sie jedoch ein iPad.

Das würde sie mitnehmen. Hoffentlich kannten die Eltern den PIN-Code, ansonsten würde es wohl etwas länger dauern, bis sie es würden auslesen können.

Als sie fertig war, verließ Marie das Haus. Die Tür zum Wohnzimmer hatte jemand geschlossen und die Sanitäter waren offensichtlich ebenfalls bereits gegangen.

Sie nahm sich vor, später noch einmal nachzuhören, wie es den Eltern ging.

Dienstag

Gerichtsmedizin

Marie war es gelungen, die Kollegin aus der Gerichtsmedizin davon zu überzeugen, Herrn Eberle noch einmal einen Blick auf seine Stieftochter werfen zu lassen. Dieser erschien am Dienstagmorgen überpünktlich. Marie wartete bereits seit ein paar Minuten vor der Tür. Sie war ebenfalls früh vor Ort, um ihn direkt am Eingang in Empfang nehmen zu können.

Michael Eberle wirkte gefasst, Marie spürte jedoch seine Anspannung und nahm sich vor, das Ganze für ihn so schonend wie nur möglich zu machen, wenngleich sie nicht recht wusste, wie sie das überhaupt anstellen sollte. Sie beschloss daher, es möglichst schnell hinter sich zu bringen.

Marie ging voran und betätigte die Klingel. Kurz darauf erschien die Gerichtsmedizinerin Sonja Maslow persönlich, um sie einzulassen.

Sie führte sie in den Obduktionssaal, an einen der Obduktionstische. Dann wartete sie einen Moment ab, bis Michael Eberle sein Okay gab und öffnete den Reißverschluss des Leichensacks.

Das blutleere Gesicht von Annegrit erschien. In dem Moment schien auch Michael Eberle nicht viel mehr Blut in den Wangen zu haben als seine tote Stieftochter. Er schlug sich die Hand vor den Mund, nickte ein paar Mal, so als wolle er ihnen mitteilen, dass er jetzt verstanden, dass sie tatsächlich tot war, trat dann einen Schritt zurück und brach endlich in Tränen aus.

Marie überlegte, dass er seine Emotionen womöglich größtenteils bis jetzt zurückgehalten hatte. In dem Moment, als er Annegrit erblickt hatte, war es mit der Contenance dann allerdings endgültig vorbei.

Die Kommissarin musste sich unwillkürlich fragen, wie es wohl für sie selbst wäre, wenn jemand aus ihrer Familie gewaltsam zu Tode kommen würde – auch wenn sie selbst keine Kinder und nicht einmal so etwas wie Stiefkinder hatte. Ob sie auch darauf bestehen würde, die Leiche so bald als möglich selbst in Augenschein zu nehmen, um sich zu vergewissern, dass es sich dabei auch wirklich um die Person handelte, von der man ausging, dass sie es war? Vermutlich ja ...

Die Kommissarin ließ Herrn Eberle gewähren und zog sich mit Sonja in den angrenzenden Raum zurück, um ihn für einen Moment ungestört seiner Trauer zu überlassen.

»Wenn er sich etwas beruhigt hat, begleite ich ihn hinaus. Ich schaue dann mal, ob er überhaupt in der Lage ist, selbst nach Hause zu fahren«, erklärte Marie, als sie außer Hörweite waren.

»Na klar. Das Auto kann erst mal hier auf dem Parkplatz stehen bleiben, falls nötig. Das ist kein Problem.«

»Danke Sonja.« Marie seufzte. Sie warf einen Blick durch das kleine Sichtfenster hindurch in den Saal, in dem Michael Eberle noch immer um seine tote Stieftochter weinte.

Noch ein oder zwei Minuten wollte sie ihm lassen, dann würde sie versuchen, ihn mitzunehmen.

Vermutlich wäre es wirklich das Beste, ihn in diesem Zustand nicht selbst ans Steuer zu lassen.

Nach einer schweigsamen Fahrt setzte Marie Michael Eberle schließlich zu Hause ab.

Mittlerweile hatte er aufgehört zu weinen und wirkte wieder um einiges ruhiger. Allerdings machte er auf Marie den Eindruck, als sei er nur noch körperlich anwesend, emotional und mental aber kaum mehr erreichbar. Während der etwa zehnminütigen Fahrt hatte er die ganze Zeit über aus dem Fenster gestarrt und keinen Ton von sich gegeben.

Marie machte noch einen letzten Versuch, ihn anzusprechen, gab es schlussendlich aber auf und beschloss, ihn einfach in Ruhe zu lassen.

Zum Glück, so dachte sie, war es ihr zumindest gelungen, ihn davon zu überzeugen, sich von ihr fahren zu lassen.

Bevor er aus ihrem Wagen stieg, steckte sie ihm die Visitenkarte des Notfallseelsorgers zu, mit dem dringenden Rat, ihn anzurufen. Außerdem rang sie ihm noch das Versprechen ab, sein Auto erst dann abzuholen, wenn es ihm auch tatsächlich wieder besser ginge, was er mit einem kurzen Kopfnicken bestätigte.

Sie hoffte, dass er sich auch wirklich daran halten würde.

Wache

Handyfund

Das in der Nähe des Tatorts gefundene Handy gehörte, wie sich herausstellte, tatsächlich Annegrit Lind. Die Kollegen gaben ihr Bestes, um an die Daten zu kommen. Leider kannten weder Frau Lind noch Herr Eberle den Code dafür. Gleiches galt dummerweise auch für das iPad. Sie würden sich also noch etwas gedulden müssen, um herauszufinden, was sich darauf befand.

Unterdessen würde Döbele die Freundes- und Bekanntenliste abtelefonieren, die sie sich bereits von der Mutter abfotografiert hatten. Außerdem hatte er die Aufgabe übernommen, sich in Maries Schule ein wenig umzuhören.

Marie selbst hatte sich für fünfzehn Uhr mit Beatrice Petersen verabredet. Sie jobbte dienstags am Nachmittag in einer Bäckerei und Marie würde sie in ihrer Pause treffen.

Davor würde sie noch einmal an den Tatort zurückgehen, um sich erneut und in Ruhe vor Ort einen Eindruck zu verschaffen.

Da Linas Büdchen glücklicherweise auf dem Weg lag, legte sie dort einen kurzen Zwischenstopp ein.

Nachdem Marie sich mit ihrem Kaffee und einem der köstlichen selbst gemachten Croissants – zumindest behauptete Lina das – gestärkt hatte, fuhr sie in Richtung Hafen. Die Sonne war mittlerweile hinter ein paar grauen Wolken verschwunden, und es war merklich kühler geworden. Man konnte den nahenden Herbst jetzt deutlich spüren.

Ihr Auto parkte sie an der kleinen Bucht, sodass sie entlang der Felsen durch den Wald zu der Stelle laufen konnte, an der Annegrit gefunden worden war.

Auf ihrem Weg zum Ort des Geschehens wurde Marie bewusst, dass sie womöglich genau denselben Weg lief, den

Annegrits Mörder – oder vielleicht auch ihre Mörderin – genommen hatte.

Sie fragte sich, was der Person, die dies getan hatte, wohl durch den Kopf gegangen war, während sie hier entlanggelaufen war. Hatte dieser jemand bereits vorgehabt, Annegrit zu erschlagen oder handelte es sich um ein spontanes Geschehen? Wie viel Wut steckte in der Tat? Die beiden Schläge wurden mit sehr viel Kraft ausgeführt, sodass Annegrits Schädel bereits beim ersten Schlag brach. Hatte Annegrit eine Chance gehabt? Vielleicht hatte sie sich mit ihrem Mörder oder ihrer Mörderin noch unterhalten? Wo war die Tatwaffe? Handelte es sich dabei tatsächlich um einen Stein? Wenn ja, lag er womöglich sogar noch irgendwo in der Nähe?

Als sie sich der Stelle näherte, an der Annegrit gelegen hatte, sah sie sich noch einmal genau um. Sicher, ihre Kolleginnen und Kollegen hatten hier ebenfalls schon alles gründlich abgesucht. Aber theoretisch war es ja dennoch möglich, dass sie etwas übersehen hatten.

Die Kaimauer bildete quasi die Umrandung des alten Hafens von Schovenbüll. Vor ein paar Jahrzehnten hatte man dann den Hafen weiter in Richtung Ortskern verlegt.

Es gab zum einen den Pfad, der vom neuen Hafen in Richtung der Mauer führte, und zum anderen gab es einen kleinen Waldpfad, den Marie nun nahm, der von der kleinen Badebucht beziehungsweise dem alten Hafen aus hierherführte. Dieser war weit weniger gut einsehbar. Wenn Marie vorgehabt hätte, sich jemandem, der hier stand, möglichst unauffällig zu nähern, dann hätte sie in jedem Fall den Waldpfad gewählt.

Sonntagabend war es zudem sehr windig, beinahe schon stürmisch gewesen. Vermutlich wäre es nicht einfach gewesen mitzubekommen, dass jemand kam.

Direkt an der Kaimauer, dort wo die Leiche des Mädchens gelegen hatte, war das Gras noch immer niedergedrückt.

Auch rundherum sah man, dass hier einige Leute, in dem Fall wohl die Kolleginnen von der Spurensicherung, unterwegs gewesen sein mussten.

Von diesem Punkt aus hatte man einen schönen Blick auf das offene Meer. Marie konnte auch den neuen Hafen erkennen, in dem zurzeit fast ausschließlich kleine private Motorboote und ein paar der kleineren Fischerboote lagen, die auf den moderaten Wellen vor sich hinschaukelten.

Was wohl Annegrit im letzten Augenblick ihres Lebens gesehen haben mochte? Ob sie ihren Mörder oder ihre Mörderin hatte kommen sehen? Ahnte sie, was passieren würde oder wurde sie überrascht?

Zum jetzigen Zeitpunkt erschien Marie alles vorstellbar.

Leider fand sie hier nichts, was ihr einen zusätzlichen Hinweis auf die Geschehnisse hätte liefern können.

Als sie sich gerade umdrehen wollte, um zurückzugehen, hörte sie jedoch etwas.

Ein lautes Knacken, wie das Geräusch eines brechenden Zweigs, drang an ihr Ohr. Sie blickte in die Richtung, aus der das Geräusch gekommen war. Zwischen den Bäumen im angrenzenden Wäldchen hindurch erkannte sie eine Gestalt, die sich von ihr entfernte. Der Abstand zwischen ihnen musste etwa fünfzig Meter betragen.

Wer immer es war, war im Laufschritt unterwegs und trug eine Kapuze.

Wegen der dicht stehenden Bäume konnte sie zu ihrem großen Bedauern jedoch nicht allzu viel erkennen. Und vermutlich war es auch unsinnig, gleich daran zu denken, dass es sich dabei um den potenziellen Mörder oder die potenzielle Mörderin handelte, doch Marie war von Natur aus neugierig und hatte gerade ‚so ein Gefühl‘.

Sie beschloss daher, der Person zu folgen. Außerdem würde ihr ein wenig Bewegung sicherlich nicht schaden, zumal sie bereits ihre Turnschuhe anhatte, die sie, wenn man es recht bedachte, ja eigentlich beinahe immer trug.

Als sie versuchte hinterherzukommen, stellte sie jedoch fest, dass das gar nicht so einfach war. Wer immer es war, war ziemlich schnell unterwegs. Noch immer konnte sie nicht erkennen, um wen es sich dabei handelte. Dabei hatte sie das Gefühl, dass je näher sie ihr zu kommen glaubte, die Person ihr voraus immer schneller lief. Am Ende, kurz bevor der Wald endete, legte sie sogar noch einen Sprint ein – und Marie war raus.

Sie hatte Seitenstechen und musste unschön nach Luft schnappen. Sie würde dringend wieder mehr trainieren müssen, so viel stand fest.

Als sie schließlich aus dem Wäldchen hinaustrat, war von der Kapuze tragenden Gestalt nichts mehr zu sehen.

Bea

Marie hatte die Mittagszeit damit verbracht, mit den Kollegen auf der Wache mögliche Szenarien durchzuspielen und alles zusammenzutragen, was sie bislang hatten.

Sie hatten bereits überprüft, ob Frau Lind tatsächlich in der Klinik und Herr Eberle auch wirklich geschäftlich in Hamburg gewesen waren. Beides traf zu.

Jetzt ging es darum herauszufinden, wer alles mit Annegrit in engerem Kontakt gestanden hatte.

Eine dieser Personen würde Marie jetzt treffen.

Mittlerweile war es fast halb zwei. Zeit, sich mit Beatrice Petersen zu treffen. Marie wollte das Mädchen nicht unnötig warten lassen.

Bis zu der Bäckerei war es nicht weit. Zum Glück fand sie einen freien Parkplatz direkt vor der Tür.

Als sie anhielt, sah sie eine junge Frau die Bäckerei verlassen, die sich suchend umsah. Marie nahm an, dass es sich dabei um Beatrice handelte und stieg aus.

»Frau Petersen?«

»Ja«, bestätigte das Mädchen auch sofort ihre Vermutung. Beatrice hatte ihre blonden Haare zum Pferdeschwanz zusammengebunden. Ihre langen Beine steckten in enganliegenden Jeans und sie trug ein knappes Shirt, das ihre schlanke, durchtrainierte Figur betonte. Marie ging durch den Kopf, dass sie, genau wie Annegrit, optisch auffallend über dem Durchschnitt lag.

»Marie Eisele. Wir haben vorhin kurz telefoniert. Schön, dass sie sich so kurzfristig Zeit nehmen konnten.«

»Na klar. Es geht ja schließlich um Anne. Sie können aber gerne Bea und Du sagen. Ich bin ja auch noch keine achtzehn.«

»Also dann.« Marie kramte in ihrer Tasche nach Stift und Block. Marie empfand das als persönlicher und weniger aufdringlich, als mit einem iPad vor sich dazusitzen. So richtig anfreunden konnte sie sich zugegebenermaßen immer noch nicht mit derlei Geräten, auch wenn diese mitunter natürlich durchaus praktisch waren.

Sie steuerten eine der Bänke an, die auf dem kleinen Platz postiert waren. Auf einer der beiden anderen Bänke saß bereits eine ältere Dame und strickte. Es war schon sehr lange her, seit Marie jemanden etwas hatte stricken sehen. Vermutlich reichte diese Erinnerung sogar bis in ihre Kindheit zurück. In eine Zeit, in der alles noch in Ordnung schien. Zumindest hatten da Mord- und Totschlag noch keinen Platz in ihrem Leben.

Die Kommissarin stellte fest, dass sie gedanklich abzuschweifen drohte, was in letzter Zeit dummerweise des Öfteren vorkam. Sie würde unbedingt lernen müssen, sich mehr zusammenzureißen.

Sie setzten sich auf eine der freien Bänke. Bea stellte ihre Handtasche zwischen sich und die Kommissarin, um darin nach etwas zu suchen. Schließlich holte sie ein Päckchen Kaugummi daraus hervor.

»Stört es Sie?«, schien ihr dann gerade noch einzufallen, bevor sie sich einen der Streifen in den Mund schob.

»Nein, nein. Mach nur«, verneinte Marie.

Als Bea ihr einen Kaugummi anbot, schüttelte Marie den Kopf. Der Kaugummi roch stark nach Zimt und Marie mochte weder den Geruch noch den Geschmack besonders.

»Also denn. Wie gut kanntest du Annegrit? Wart ihr eng befreundet?«, wollte Marie von dem Mädchen wissen.

Bea antwortete nicht gleich. Sie kaute still vor sich hin und schien kurz zu überlegen.

»Ich weiß nicht recht. Ich dachte eigentlich schon, dass ich Anne ziemlich gut kennen würde. Schließlich sind wir seit der Grundschule in der gleichen Klasse und auch seit ein paar Jahren in der gleichen Clique. Aber in letzter Zeit …«

»Ja?« Marie nickte dem Mädchen aufmunternd zu.

»Sie war auf einmal so anders.«

»Seit wann und wie war sie denn anders?«, hakte Marie interessiert nach.

»Vielleicht so seit etwa zwei oder drei Monaten. Sie hing jetzt auch öfters mal mit anderen Leuten ab.«

»Okay. Und mit wem?«

»Mit der Clique, die sich immer am Marktplatz in Großgerstrow trifft. Da sind so ein paar Mädels, die ziemlich hart wirken. Anne fand das wohl irgendwie gut.« Bea kickte einen kleinen Stein weg, der vor ihr auf dem Boden gelegen hatte.

»Und Annegrit selbst? Wie war die so?«

»Auf keinen Fall so wie die. Sie war meine beste Freundin und wir konnten eigentlich immer über alles reden. Sie konnte einem gut zuhören und hatte auch immer ganz gute Ideen. Zum Beispiel, was man so machen könnte, wenn es einem vielleicht gerade nicht so gut ging und so. Aber in letzter Zeit … keine Ahnung.« Bea kaute für einen Moment schneller. »Ich mein, Anne war schon meistens ganz gut drauf und so. Wobei … Ich fand, manchmal wirkte sie auch ein bisschen merkwürdig. So ein bisschen, als sei sie nicht richtig da, verstehen Sie, was ich meine?«

»Ich denke, ich kann es mir vorstellen. Und hast du sie da nicht drauf angesprochen?«

»Doch klar. Mehrmals sogar. Aber irgendwie war auch kein Deep Talk mehr mit Anne möglich.«

»Deep Talk?«, hakte Marie nach.

»So tiefgehende Gespräche meine ich.«

»Ach so. Klar.« Marie verdrehte innerlich die Augen. Schon wieder so ein Jugendwort, das sie nicht kannte.

»Und seit wann war das so, dass sie sich so verändert hat?«

»Ich glaub, das ging schon vor so drei oder vier Monaten los. Damals war sie mit diesem Johann zusammen ... oder auch nicht zusammen – keine Ahnung. Auf jeden Fall lief da irgendwas zwischen den beiden. Anne war sich da selbst nicht so sicher, was sie eigentlich wollte, glaube ich.«

»Johann und wie weiter?«

»Jansen. Der Vater hat eine Gärtnerei. Die haben auch bei Annes Familie immer mal wieder was im Garten gemacht.«

»Aha. Und daher kannte Annegrit diesen Johann dann auch, oder?«

»Ja. Auch. Die beiden kannten sich aber schon von früher, aus der Schule. Grundschule und Anfang Gymnasium. Sind in dieselbe Klasse gegangen. Ich war übrigens in der Parallelklasse. Dann hat Johann das aber nicht mehr gepackt mit der Schule und ist auf eine andere Schule gewechselt. Und außerdem, hier kennt ja eh irgendwie jeder jeden. Vor allem, wenn man im selben Alter ist.«

»Ja, das kann ich mir vorstellen.«

»Dann hatten die beiden also was miteinander. Und dann?«

»Dann war auf einmal irgendwie nichts mehr. Anne wusste halt nie so richtig, was sie wollte. Und außerdem hat sie ja dann auch die Mia kennengelernt.«

»Mia?«

»Ja. Aus der Clique. Die ,Harten'.« Bea malte mit den Fingern Anführungszeichen in die Luft.

»Der Vater hat einen Blumenladen im Dorf. Von ihr hat Anne auch ab und an gesprochen und hing mit der ab und so.«

»Und, was hat sie da so erzählt?«

»Keine Ahnung. Dies und das halt. So Zeug eben.« Bea kaute jetzt wieder schneller und ließ ihren Blick dabei über den Platz schweifen.

»Ich weiß nicht … Vielleicht täusche ich mich ja. Aber ich hatte manchmal das Gefühl, dass da mehr zwischen den beiden war.«

»Mehr als nur Freundschaft meinst du?«

»Genau. Hat sie aber nie so wirklich zugegeben.«

»Wäre das denn ein Problem gewesen?«

»Also für mich nicht. Ist ja fast schon normal heutzutage. Aber ich bin mir nicht so sicher, ob das alle so sehen.«

»Denkst du da an jemand Bestimmten? Johann vielleicht? War er eifersüchtig? Oder gab es sonst irgendwie Stress mit irgendwem?«

»Nö. Weiß nicht. Fällt mir jetzt nicht so richtig was zu ein ... Und Johann? Wäre schon möglich. Keine Ahnung. Müssen Sie den am besten selbst mal fragen.«

Bea nahm den Kaugummi aus dem Mund und wickelte ihn zurück ins Papier. Dann steckte sie beides in ihre Handtasche.

»Ich muss dann auch gleich mal wieder reingehen. Meine Pause ist zu Ende.«

»Alles klar.«

Bea war bereits aufgestanden.

»Und die Clique von Mia, von der du eben gesprochen hast, wo trifft die sich noch mal?«

»Die treffen sich meistens in Großgerstrow am Marktplatz. Haben fast alle Motorroller. Sind eigentlich nicht zu übersehen.«

Mias Clique

Marie beschloss, direkt einen Abstecher nach Großgerstrow zu machen. Vielleicht hatte sie ja Glück und die Clique würde da sein. Es dauerte etwa zehn Minuten, bis sie in dem Ort ankam. Den Marktplatz zu finden, fiel ihr nicht schwer. Er lag genau im Zentrum der kleinen Ortschaft und hatte neben ein paar Bänken und ein paar Blumen, die man um sie herum drapiert hatte, nicht allzu viel zu bieten.

Bea hatte, was die Clique anbelangte, nicht zu viel versprochen. Die Mädchen waren tatsächlich nicht zu übersehen. Mit ihren Motorrollern und den zum Teil bunt gefärbten Haaren fielen sie auf dem kleinen Marktplatz natürlich auf.

Marie hielt an, atmete tief durch und stieg dann aus ihrem Auto aus.

Sie nahm sich vor, erst einmal mit Mia alleine zu sprechen, ehe sie sich auch mit den anderen unterhalten würde.

»Hey, wer von euch ist Mia?«, fragte sie in die Runde, als sie sie beinahe erreicht hatte.

Auf dem Marktplatz standen etwa fünf Motorroller und ein paar Mädchen, die vielleicht sechzehn oder siebzehn Jahre alt waren und sich angeregt miteinander unterhielten. Sie unterbrachen ihre Gespräche jedoch, als Marie näherkam.

»Wer will das wissen?«, fragte eine Rothaarige, die eine nietenbesetzte Lederjacke und ein Nasenpiercing trug. Auch die übrigen Mädchen sahen jetzt interessiert zu Marie hinüber.

Marie zog ihren Ausweis aus ihrer Jackentasche und hielt ihn hoch.

»Marie Eisele. Kriminalpolizei.«

Die Mädchen grölten und kicherten und wirkten dabei ziemlich überdreht.

»Hat sie etwas angestellt, oder was?« Die Rothaarige machte ein paar Schritte auf Marie zu. Die anderen verstummten mit einem Mal und beobachteten das Geschehen genau.

Marie fiel ein Mädchen auf, das die ganze Zeit über auffallend ruhig gewirkt hatte und abwechselnd zu ihr und den Motorrollern blickte. Zielstrebig ging Marie auf die junge Frau zu.

Sie hatte kurze blonde Haare und trug zerrissene Jeans. Auf ihr T-Shirt waren ein paar Buchstaben aufgedruckt CBGB. Das sagte Marie etwas. Sie musste kurz überlegen, bis es ihr wieder einfiel. In den 90ern war sie selbst ein paar Mal dort gewesen. Der Punkrockladen in New York, zu dem diese Lettern gehörten, galt damals als absolut legendär.

Leider wurde er irgendwann zu Beginn der Zweitausender geschlossen. Und jetzt trugen irgendwelche Teenies, die zum Zeitpunkt seines Bestehens noch nicht mal existiert hatten, T-Shirts von dem Laden. Marie seufzte innerlich.

»Nettes Shirt« Marie wies auf das knallgelbe Oberteil mit den silberfarbenen Buchstaben darauf.

»Wollen Sie mich jetzt blöd anmachen, oder was?« Das Mädchen verschränkte die Arme vor der Brust.

Marie beschloss diesen Ausbruch zu ignorieren.

»Bist du Mia?«

»Wieso?«, das Mädchen zog die Schultern zurück und hob angriffslustig den Kopf.

»Es geht um Annegrit Lind. Du weißt ja sicher schon Bescheid, oder?«

»Über was soll ich Bescheid wissen?« Ein Anflug von Unsicherheit legte sich in Mias Blick.

Seit Annegrits Tod und dem Auffinden ihrer Leiche waren jetzt bereits zwei Tage vergangen. Marie hatte eigentlich damit gerechnet, dass es sich schnell herumsprechen würde. Seit es die sozialen Netzwerke gab, ging das schließlich in der Regel noch viel schneller, als es früher der Fall gewesen war. Offensichtlich war das Ereignis jedoch noch nicht bis hierher vorgedrungen.

»Lass uns kurz ein paar Schritte gehen, ok?« Marie sah zu den übrigen Mädchen hinüber, die sie jetzt mit einer Mischung aus Skepsis und Neugierde ansahen.

Mia wirkte verunsichert, machte dann aber dennoch ein paar Schritte auf Marie zu. Die Kommissarin drehte sich um und hoffte, dass Mia ihr folgen würde, was sie zum Glück auch tat. Als sie sich ein paar Meter von der Gruppe entfernt hatten, fuhr Marie mit ihren Fragen fort.

»Du kennst doch Annegrit Lind, oder?«

Mia sah sie misstrauisch an und zögerte, so als überlege sie, ob es vielleicht klüger wäre, etwas anderes zu behaupten.

»Jaaa«, antwortete sie schließlich gedehnt. »Und?«

»Annegrit ist vorgestern ermordet worden.«

»Was?«

Mias Überraschung erschien Marie echt zu sein. Oder sie hatte schauspielerisch wirklich was drauf.

Marie bemerkte, wie dem Mädchen die Tränen in die Augen schossen und sie unkontrolliert zu zittern begann.

»Ich habe zwar mitbekommen, dass irgendein Mädchen ermordet worden sein soll, aber dass das die Anne ist ...«

»Sollen wir uns kurz setzen?« Marie berührte Mia, die jetzt so aussah, als würde sie jeden Moment in Ohnmacht fallen, vorsichtig am Arm und steuerte dann mit ihr eine kleine Steinmauer an, an deren Rand jemand ein paar Blumen gepflanzt hatte. Sofort ließ sich Mia darauf nieder. Marie war sich sicher, dass sie ihr sonst umgekippt wäre.

Als sie sich wieder ein wenig gefasst hatte, fand Mia ihre Sprache wieder. »Wann war das denn genau und was ist überhaupt passiert? Weiß man, wer das getan hat?«

»Sie wurde erschlagen. Eine Joggerin hat sie an der alten Kaimauer liegend aufgefunden. Wer es war, wissen wir noch nicht. Leider. Aber wir sind dran und deshalb bin ich auch hier. Vielleicht hast du ja eine Idee dazu?«

»Ich? Wieso sollte ich?« Das Mädchen nestelte an ihrem T-Shirt herum. »Vielleicht hat ja der bekloppte Freak was damit zu tun.«

»Und wer bitte soll das sein?« Jetzt wurde Marie hellhörig. »Der Typ, der sie die ganze Zeit über angehimmelt hat und ihr immer hinterher ist. Johann. Sein Vater ist Gärtner.«

»Du meinst Johann Jansen?«

»Ja. Woher wissen Sie das?«

»Ich habe den Namen heute schon einmal genannt bekommen.«

Das Mädchen schluchzte jetzt hörbar und Marie nahm wahr, wie sich ihnen die anderen Mädchen langsam näherten. Sie hoffte, dass sie noch einen Moment Zeit haben würde, um mit Mia alleine zu sprechen.

»Warum das denn? War der das etwa?«

»Nein. Das ist absolut nicht gesagt. Ich habe, wie bereits erwähnt, nur den Namen heute schon einmal mitgeteilt bekommen. Es hieß, er sei mal mit Annegrit zusammen gewesen?«

»Ja. Kann sein. Kurz zumindest.«

Beinahe war Marie versucht, das schluchzende Mädchen neben sich in den Arm zu nehmen, besann sich dann aber eines Besseren. Zu persönlich wollte sie jetzt doch nicht werden.

Sie warf der Clique, die immer ungeduldiger wurde, einen Blick zu, der sie noch für einen Moment auf Abstand hielt.

»Wie war denn deine Beziehung zu Annegrit? Seid ihr Freundinnen gewesen?«

Mia nickte.

»Enge Freundinnen?«

»Was meinen Sie damit?«

Jetzt hatte Mia aufgehört zu schluchzen und wischte sich energisch mit dem Handrücken über das tränennasse Gesicht.

Marie hatte das Gefühl, unversehens in ein Minenfeld geraten zu sein, auf dem sie sich ab jetzt besser ein wenig vorsichtiger bewegte.

»Mich interessiert einfach, ob ihr euch oft gesehen habt.«

»In letzter Zeit nicht mehr. Und ich kann Ihnen auch sonst nicht weiterhelfen.«

Mia war aufgesprungen und machte einige Schritte auf die anderen Mädchen zu, die sie sogleich umringten und in den Arm nahmen.

Marie nahm sich vor, später noch einmal mit der Gruppe und insbesondere mit Mia zu sprechen. Für den Moment reichte es ihr aber schon allein, weil sie sich sicher war, dass Mia ihr im Augenblick keine weiteren Fragen mehr beantworten würde.

Die Kommissarin beschloss, nach Hause zu fahren. Eine Runde mit Eddy, der bestimmt schon ungeduldig auf sie wartete, würde ihr guttun.

Altlasten

Als Marie mit Eddy von einem ausgiebigen Spaziergang zurückkam, sah sie, dass jemand angerufen hatte. Nur wenige Menschen kannten ihre private Festnetznummer. Sie nahm den Hörer ab, um den Anrufbeantworter abzuhören und eine ihr nur allzu vertraute Stimme erklang. »Hey Marie, ich bin's, Lucy. Ich weiß ja, dass du sauer bist, aber ich musste es jetzt einfach noch mal bei dir versuchen ...« Die Stimme brach kurz ab, ehe sie weitersprach. »Ich ... Es tut mir leid. Wirklich. Hörst du? Aber es ist ja jetzt auch schon eine ganze Weile her, nicht wahr? Vielleicht können wir ja doch noch mal darüber sprechen? Ich würde mich jedenfalls sehr freuen, okay? Also dann. Auf hoffentlich bald. Ach ja. Ich wollte dir auch noch etwas erzählen. Meine Nummer hast du ja.« Ein schriller Piepton markierte das Ende der Sprachnachricht.

Wütend warf Marie das Telefon auf die Couch, von der es abprallte, um dann anschließend krachend auf dem Parkettboden aufzuschlagen, auf dem es dann schließlich in zwei Hälften zerbrach.

»Verdammte Scheiße«, fluchend schnappte sich Marie die beiden Teile und versuchte hektisch, sie wieder zusammenzusetzen. Leider war das Verbindungsstück, das die Teile zusammenhielt, abgebrochen. Sie suchte das kleine Plastikteil, um es vor Eddy in Sicherheit zu bringen, bevor der es am Ende noch verschluckte.

Nachdem sie es endlich unter der Couch gefunden hatte, legte sie den Apparat in seinen Einzelteilen auf den Küchentisch. Sie würde sich später darum kümmern.

Warum nur konnte Lucy sie nicht einfach in Ruhe lassen? Nicht umsonst war sie vor über einem Jahr aus Hamburg weggezogen.

Dabei hatte sie eigentlich sehr gerne in Hamburg gelebt und auch gearbeitet. Zumindest so lange, bis ihre ehemals beste Freundin und Kollegin Lucy und Basti, ihr damaliger Freund und nebenbei auch noch ihr nächster Vorgesetzter beschlossen hatten, sich ineinander zu verlieben.

Als dann alles herausgekommen war, hatten beide beteuert, wie leid es ihnen täte und dass sie wirklich selbst niemals damit gerechnet hätten. Es hätte eben einfach »der Blitz eingeschlagen«. Nach all den Jahren, in denen Basti und sie ein Paar gewesen seien, wäre dann wohl irgendwann mal die Luft raus gewesen, rechtfertigten sie ihr Verhalten.

Statt einer längst überfälligen Verlobung zwischen Marie und Basti, hatte es dann eine Trennung gegeben. Und Basti zog bald darauf mit Lucy in eine gemeinsame Wohnung.

Nie würde Marie die mitleidigen Blicke der Kolleginnen und Kollegen auf der Wache vergessen, nachdem sie davon erfahren hatten. Auch wenn sie bemüht waren, sich nichts anmerken zu lassen, so hatte Marie die unauffälligen Blicke, die sie ihr zuwarfen und das Getuschel natürlich wahrgenommen.

Am Ende war dies alles für Marie nicht mehr zu ertragen gewesen, sodass sie einen Versetzungsantrag gestellt hatte, der gottlob auch genehmigt wurde, weshalb sie nun hier auf dem Land gelandet war.

Dabei hatte sie die Idee aufs Land zu ziehen, ursprünglich einmal mit Basti gemeinsam entwickelt. Dass sie am Ende allein hier landen würde, hatte sie dabei allerdings nicht erwartet.

Marie beschloss, eine Flasche Wein zu öffnen. Den brauchte sie jetzt einfach, um ihre Gedanken zu sortieren oder besser noch, um diese gar nicht erst aufkommen zu lassen.

Es hatte sie viel Zeit und Mühe gekostet, alles weit, sehr weit nach hinten zu drängen und jetzt drohte dieser Anruf alles wieder an die Oberfläche kommen zu lassen. Das durfte unter keinen Umständen passieren.

Mittwoch

Sonne

Am nächsten Morgen wachte Marie mit pochenden Kopf-
schmerzen und einem steifen Nacken auf dem Sofa liegend
auf. Sie hatte sich gestern nicht einmal mehr umgezogen,
sondern war, nachdem sie die Flasche Rotwein beinahe voll-
ständig geleert hatte, irgendwann einfach auf dem Sofa ein-
geschlafen.
Jetzt stand sie auf und ging in die Küche, um sich ein Glas
Wasser und ein Aspirin zu besorgen. Ein wenig schämte sie
sich dafür, dass sie sich so hatte gehen lassen. Wenn auch
nur vor Eddy, der sie von seinem Platz in seinem Körbchen
aus mit seinen großen Augen ansah.
»Zumindest du verlässt mich nicht, was mein Bester?!«
Marie streichelte den wuscheligen Kopf des Rüden, der ihr
dabei hingebungsvoll die nackten Füße leckte.

Nachdem sie geduscht, sich frische Kleidung angezogen
und ihre langen braunen Haare zu einem Knoten zusammengebunden hatte, drehte sie eine Runde mit Eddy. Danach fuhr
Marie in die Gerichtsmedizin.
Natürlich hätte sie auch einfach den Bericht lesen können,
aber sie bevorzugte den direkten Austausch. Außerdem hatte
sie das Gefühl, dass ihr eine kleine Unterhaltung mit einer
netten Kollegin gerade ganz guttun würde.

Als Marie am Institut ankam, saß die Gerichtsmedizinerin
gerade mit geschlossenen Augen auf der kleinen Treppe, die
zur Eingangstür führte und ließ sich die Sonne ins Gesicht
scheinen.

»Pause? Soll ich vielleicht gleich noch einmal wiederkommen?«, wollte Marie wissen, als sie neben ihr geparkt hatte und ausgestiegen war.

»Ach was. Nein. Ich musste nur ein paar Minuten an die frische Luft und ein wenig die Sonne sehen«, erwiderte Sonja Maslow.

»Das kann ich gut verstehen. Den ganzen Tag im Licht von Neonröhren zu verbringen, stelle ich mir schon ein wenig ... herausfordernd vor.«

»Das passt schon. Aber ich muss zugeben, dass mich der ganze Fall schon ein bisschen mitnimmt. Schließlich ist Annegrit in etwa in Emmas Alter.«

»Du meinst deine Tochter?«

Sonja nickte.

»Oh ja. Das kann ich gut verstehen. Auch wenn ich selbst keine Kinder habe. Nur eine Nichte und zwei Neffen.«

»Ich wusste gar nicht, dass du Geschwister hast. Du erzählst ja leider nie viel von dir.« Sonja sah jetzt interessiert zu Marie hinüber, die sich neben sie auf die Stufen gesetzt hatte.

»Doch, doch. Habe ich. Und ich hoffe, dass das jetzt kein Vorwurf ist, dass ich nicht viel von mir erzähle ...«

»Nein. Ist schon gut. Aber ein bisschen neugierig bin ich zugegebenermaßen schon. Und die Kollegen vermutlich auch«, fügte sie hinzu.

»Ja, das dachte ich mir schon. Aber ... alles zu seiner Zeit.« Marie räusperte sich. »Ich habe eine große Schwester. Sie ist ein paar Jahre älter als ich. Sie lebt allerdings schon seit Jahren auf den Kanaren.«

»Auf den Kanaren? Wie spannend! Wie kam es denn dazu?«

Marie seufzte, ehe sie antwortete. »Antonia ist Reiseleiterin. Über ihren Job hat sie schließlich irgendwann Anfang der Zweitausender, Alejandro kennengelernt. Sie haben sich ineinander verliebt und Antonia ist am Ende dann dortgeblieben.«

»Nicht schlecht. Ein Leben in der Sonne …« Ein sehnsüchtiger Ausdruck trat in Sonjas Gesicht. »Und? Besuchst du sie oft?«

»Nee. Eher selten. Das heißt ab und zu schon. Wir telefonieren ab und an. Vielleicht … na ja, vielleicht sollte ich bald doch noch mal hinfahren. Allein schon wegen der Kids. Die werden ja schließlich auch immer größer. Mal sehen …« Marie rieb einen imaginären Fleck auf ihrer Jacke weg.

Sonja nickte begeistert. »Sag Bescheid. Vielleicht komme ich dann ja mit.«

Marie lachte. »Na klar. Das mache ich.«

Mit einem Mal wurden beide wieder ernst.

»Sollen wir?« Sonja sah Marie fragend an.

Begleitet von einem tiefen Seufzer stand Marie auf. »Los geht´s.«

Drinnen angekommen, nahm Sonja den Bericht zur Hand.

»Der Todeszeitpunkt muss zwischen acht und neun Uhr am Sonntagabend liegen. Habe ich dir aber, glaube ich, schon gesagt, oder? Vergewaltigt wurde sie nicht, wie ja bereits zuvor vermutet. Es gibt keinen Hinweis auf Alkohol. Allerdings habe ich noch etwas anderes, ganz Interessantes in ihrem Blut gefunden.«

»Und das wäre?«

»Methylphenidat.«

»Aha. Und was genau ist beziehungsweise macht das?«

»Methylphenidat ist zum Beispiel in Ritalin enthalten. Ein Medikament gegen ADHS. Weißt du, ob sie eine Diagnose hatte?«

»Ritalin? Interessant. Ob sie eine Diagnose hatte, weiß ich leider nicht. Zumindest haben die Eltern nichts in der Art erwähnt. Ich höre aber gleich nachher mal nach.«

»Mach das. Teilweise werden derlei Mittel auch im Sport eingesetzt, um die Leistung vorübergehend zu steigern, was natürlich illegal ist. Du sagtest doch, dass sie im Leistungssport aktiv war. Was noch mal genau? Bodenturnen?«

»Ja, genau. Sie war darin wohl ziemlich erfolgreich.«

»Dann hat sie da vielleicht ein wenig nachgeholfen. Zumindest vor Wettkämpfen sind solche Mittel im Sport jedenfalls verboten, weil sie eben leistungssteigernd wirken. Es sei denn natürlich, es gibt ein gut begründetes Attest dazu.«

»Das heißt, irgendjemand muss ihr das Mittel also verschrieben haben, wenn sie es legal erhalten hat?«

»Ganz genau. Das oder sie hat es sich irgendwo illegal besorgt.«

»Okay. Bislang hatte ich eher das Gefühl, es hier mit einer kleinen ‚Miss Perfect' zu tun zu haben – abgesehen vielleicht davon, dass sie schon lange keinen Kontakt mehr zu ihrem leiblichen Vater hat. Jetzt bekommt die ansonsten perfekte Fassade ja dann womöglich doch ein paar Risse.«

»Tja, sieht unter Umständen so aus.«

»Und wie nimmt man das Zeug? In Tablettenform, oder?«

»Ja, genau. Du kannst es theoretisch auch spritzen. Das allerdings findet dann eher in der Drogenszene statt und bei Annegrit habe ich keinerlei Hinweise für eine solche Art des Konsums gefunden.«

»Merkt man denn, wenn jemand ein solches Medikament missbraucht?«

»Je nachdem schon. Da ist, wie gesagt, zum einen die Leistungssteigerung. Zusätzlich nimmt es dir aber auch deine Ängste und du fühlst dich den anderen gegenüber überlegen. Später allerdings, wenn die Wirkung nachlässt, bist du müde und erlebst ein Down, dann braucht es etwas, bis du dich wieder erholt hast oder du legst eben nochmal nach.«

»Kann man sagen, wie lange sie das Zeug schon nimmt?«

»Schwer zu sagen. Körperlich war sie in jedem Fall in wirklich guter Verfassung, wenn auch vielleicht ein wenig zu dünn.«

»Apropos … Möchtest du noch wissen, was sie zuletzt gegessen hat? Ihre Henkersmahlzeit sozusagen?«

Marie nickte.

»Ist einigermaßen mager ausgefallen. Es gab ein wenig Blattsalat und Fisch. Abgesehen von den beiden Verletzungen am Kopf war ihr Körper im Übrigen unversehrt.«

»Und kannst du da schon mehr zu sagen? Tatwaffe?«

»Kann, wie gesagt, ein Stein gewesen sein. Etwas mit einer harten Spitze oder Kante auf jeden Fall. Dadurch hatte sie quasi direkt ein Loch in der Schädeldecke. Der erste Schlag wurde dabei vermutlich mit einer Seite des Objektes ausgeführt, die eher stumpf war.« Sonja zeigte Marie ein paar Fotos, auf denen ein Hämatom an der rechten Schläfe der Toten zu erkennen war.

»Der zweite Schlag auf den Hinterkopf traf dann mit der Spitze. Der war dann im Übrigen auch tödlich. Hier.«

Auch hierzu gab es Fotos zu sehen.

»Danke, Sonja. Das war sehr interessant und aufschlussreich. Jetzt mache ich mich mal auf die Suche nach der Ritalin-Quelle.«

»Mach das. Ich drücke dir die Daumen.«

Mit einem zufriedenen Gesichtsausdruck verließ Marie die Gerichtsmedizin.

Revier
Neuer Stoff

»Moin, Döbele.«

»Moin, Frau Eisele. Waren Sie schon in der Gerichtsmedizin?« Kommissar Döbele saß bereits an seinem Schreibtisch, als Marie um kurz nach acht das gemeinsame Büro betrat.

»War ich. Und ich habe interessante Neuigkeiten«, beantwortete Marie seine Frage.

»Aha?« Döbele sah seine Vorgesetzte interessiert an.

»Das Mädchen hat vermutlich gedopt.« Marie ließ sich auf ihren Schreibtischstuhl fallen.

»Aha. Und wie?«

»Methylphenidat. Schon mal gehört?«

»Gehört schon. Aber sonst ... Ich recherchiere das mal schnell ...«

Döbele griff nach seinem Handy, während Marie geduldig abwartete, bis ihr Kollege die gewünschten Informationen gefunden hatte.

»Alles klar. Und woher hatte sie das? Hatte sie ADHS?«, wollte er jetzt von ihr wissen.

»Woher sie das hatte, gilt es jetzt herauszufinden. Ich schlage vor, wir rufen mal bei Frau Lind an. Soweit ich weiß, hat sie sich ein paar Tage krankschreiben lassen. Müsste also zu Hause sein. Suchen Sie mir doch bitte schnell die Nummer raus, Döbele.«

Marie rollte mit ihrem Stuhl neben Döbele, dann nahm sie ihr Handy aus ihrer Jackentasche und tippte die Nummer ein, die ihr der Kollege mittlerweile herausgesucht hatte.

Es klingelte drei Mal, bis ihr Anruf entgegengenommen wurde.

»Lind.«

»Marie Eisele hier und mein Kollege, Herr Döbele, sitzt auch hier bei mir. Hallo, Frau Lind. Ich stelle Sie mal auf Lautsprecher, wenn Sie nichts dagegen haben?«

»Ja, in Ordnung. Machen Sie nur«, erklang die sehr gefasst und ruhig klingende Stimme von Annegrits Mutter. Sie klang sogar so ruhig, dass Marie sich fragte, wie viele Medikamente dafür wohl nötig gewesen waren.

»Danke. Ich habe eine Frage an Sie. Hatte Ihre Tochter ADHS?«, richtete sie das Wort erneut an Frau Lind.

»Wie bitte? Wie kommen Sie denn darauf?«, erklang jetzt die Stimme am anderen Ende etwas wacher.

»Das heißt dann vermutlich Nein, oder?«

»Ja, genau. Sie hatte kein ADHS. Aber wieso fragen Sie mich das?«

»Die Gerichtsmedizinerin hat bei ihrer Tochter eine Substanz im Blut nachgewiesen, die üblicherweise Menschen mit ADHS verschrieben bekommen. Bei Menschen ohne ADHS wirkt das, was sonst beruhigend wirken soll, leistungssteigernd und wird mitunter auch im Leistungssport missbräuchlich eingesetzt.«

Für einen Moment herrschte Stille, ehe Sabine Lind etwas erwiderte.

»Das verstehe ich nicht. Wie … wie meinen Sie das?«

»Ihre Tochter Annegrit hat vermutlich gedopt. Sie hat Ritalin eingenommen, das bewirkt, dass sie womöglich noch bessere Leistungen erbringen konnte.«

»Das kann nicht sein.« Frau Lind schnappte hörbar nach Luft.

»Bitte beruhigen Sie sich erst mal wieder, Frau Lind«, versuchte Marie zu beschwichtigen.

Marie und Döbele lauschten gespannt in die jetzt entstandene Stille am anderen Ende hinein und Marie ärgerte sich, nicht persönlich vorbeigefahren zu sein. Sie hatte Frau Linds Reaktion definitiv unterschätzt.

»Ich … ich glaube, ich muss mich erst einmal setzen.«

Es hörte sich an, als würde ein Stuhl zurückgezogen. Dann war Frau Linds Stimme wieder zu hören. Marie atmete erleichtert auf, als Frau Lind schließlich weitersprach.

»Ich wusste davon nichts.«

»Ja, das sagen wir ja auch nicht. Wir gehen also davon aus, dass sie das Mittel dann wohl nicht legal bekommen hat. Vermutlich wusste auch ihr Hausarzt nichts darüber? In jedem Fall würden wir uns gerne einmal mit ihm unterhalten. Können Sie uns vielleicht den Namen der Praxis nennen?«

»Unsere Hausarztpraxis? Das ist die Praxis von Dr. Bold. Wir gehen alle seit Jahren zu ihm. Der hat ihr bestimmt nichts gegeben.«

»Wir werden einfach mal mit ihm reden. Und sonst? Haben Sie vielleicht eine Idee, wie sie da drangekommen sein könnte?«

»Nein. Keine Ahnung.«

»Sie arbeiten im Krankenhaus, oder?« Döbele wagte einen Vorstoß.

Frau Lind schnappte erneut hörbar nach Luft.

»Und? Denken Sie vielleicht, dass ich ihr das Zeug besorgt habe?« Mit einem Mal hatte ihre Stimme einen gänzlich anderen Ausdruck angenommen und den Kommissaren schlug ein harter, scharfer Tonfall entgegen.

»Nein. Nein. Aber vielleicht hat Annegrit ja irgendwelche Kontakte knüpfen können? Über ihr Umfeld meine ich.« Döbele versuchte möglichst ruhig zu klingen, was ihm jedoch nicht besonders gut gelang.

»Nein. Sie hatte mit den Leuten aus der Klinik überhaupt keinen Kontakt. Ausgeschlossen.«

»Gar nicht? Hatten Sie denn nie Besuch von Kollegen oder so?«

»Nein. Hatte ich nicht. Außerhalb der Arbeit habe ich zu denen keinen Kontakt.«

»Aha. Na gut. Danke, Frau Lind. Das war es dann erst einmal«, schaltete Marie sich wieder ein.

Sabine Lind und Marie legten nach einer kurzen, etwas unterkühlten Verabschiedung gleichzeitig auf.

»Puh. Das war ja jetzt vielleicht was …« Marie stellte fest, dass ihre Hände schwitzten. Das nächste Mal, wenn sie Eltern nach dem Substanzmissbrauch ihrer Kinder befragen würde, würde sie auf jeden Fall anders vorgehen.

Döbele sah verunsichert aus. »War das falsch, dass ich das gefragt habe?«

»Nein. Passt schon. War ja richtig. Allerdings müssen Sie vielleicht noch ein klein wenig an Ihrem Feingefühl arbeiten … Und ich muss meine Vorgehensweise wohl auch manchmal etwas besser überdenken.«

Döbele nickte stumm und suchte unauffällig seine Taschen nach seinem Vape ab. Als er es gefunden hatte, atmete er erleichtert auf, wagte jedoch nicht, es hervorzuholen, um daran zu ziehen.

»Finden Sie es nicht irgendwie merkwürdig, dass jemand außerhalb der Arbeit gar keinen Kontakt zu seinen Kollegen hat?« Döbele sah Marie vorsichtig von der Seite an.

»Das kann sogar manchmal das Allerbeste sein«, entgegnete Marie knapp.

Döbele schluckte. Erwiderte aber nichts weiter darauf.

»Döbele, was haben Sie denn eigentlich mitgebracht?«, lenkte Marie das Gespräch jetzt auf ein anderes Thema. »Sie waren doch in Annegrits Schule, oder?«

»Genau«, griff Döbele das Thema dankbar auf und öffnete dafür eine neue Seite auf seinem Computer, um auch keine Information zu vergessen. Dann fuhr er fort, während er seinen Bericht durchging. »Ich habe mit der Klassenlehrerin gesprochen. Die Dame heißt Frau Steinfurt. Sie beschreibt das Mädchen als fleißig, aufmerksam und höflich. Allerdings hält sie sie für eventuell ein wenig zu ehrgeizig. Ansonsten ist ihr aber nichts Besonderes aufgefallen. Sie war in ihrer Klasse beliebt und hatte, wie sie mir sagte, sicherlich auch den ein oder anderen Verehrer. Es scheint dabei aber keiner in irgendeiner Weise über die Stränge geschlagen zu haben – bei den etwaigen Annäherungsversuchen, meine ich. Im Sport gehörte sie zu den Besten, was ja nicht weiter verwunderlich ist. Für anstehende Wettkämpfe wurde sie regelmäßig freigestellt. Das Versäumte holte sie dann selbstständig nach. Auch das war nie ein Problem gewesen«, beendete Döbele seinen Bericht.

Als sie anschließend bei den Kollegen, die sich im Sportverein umgehört hatten, nachfragten, machten diese ähnliche Angaben. Annegrit schien auch dort sehr ehrgeizig und gleichzeitig scheinbar bei allen beliebt gewesen zu sein, was in das Bild passte, das sie bislang von dem Mädchen hatten.

Nachdem sich Marie und Döbele wieder an ihre Schreibtische gesetzt hatten, klopfte es an der Tür zu ihrem Büro und Babsi Svenska steckte den Kopf herein.

»Störe ich?«

»Nein. Komm rein, Babsi. Es passt gerade gut.« Marie winkte sie zu sich heran.

»Ich habe hier ein paar Fotos für euch. Hat Herr Eberle gerade vorbeigebracht. Er ist aber schon wieder weg.«

»Alles klar. Danke dir.« Marie nahm die Fotos entgegen und legte sie vor sich auf den Schreibtisch. Als sie aufsah, begegnete sie Döbeles Blick.

»Was ist los, Döbele? Was geht Ihnen durch den Kopf? Sie sehen irgendwie … nachdenklich aus.«

»Schon«, gab Döbele zu. »Ich frage mich, wie es wohl sein muss, wenn man die ganze Zeit über so ein perfektes Bild von sich abliefert. Ich meine, alle finden einen toll und bewundern Sie vielleicht sogar. Neben den sportlichen Leistungen sind Sie auch noch gut in der Schule, von Ihrem perfekten Äußeren ganz zu schweigen. Wie man sich da wohl fühlen muss?«

»Angestrengt«, fiel Marie dazu nur ein. »Also ich stelle mir das irgendwie ziemlich anstrengend vor. Ich meine gut, erst einmal erscheint die Vorstellung ja vielleicht ganz verlockend, zumindest, wenn man gerne im Mittelpunkt steht und gerne bewundert wird, aber dann … Das auf Dauer durchzuhalten, bedarf dann vielleicht tatsächlich einiger Unterstützung …«

»Ja«, meinte Döbele, »und bestimmt gibt es dann auch Leute, die es gar nicht toll finden, wenn jemand so ist.«

»Yep. Das ist gut möglich … Schauen wir doch jetzt mal, was wir hier so haben«, ergänzte Marie mit einem Blick auf die Fotos.

Zu sehen waren Bilder von Annegrit und ihren Freunden aus der Clique in unterschiedlichsten Kombinationen. Darunter befand sich ein Bild, auf dem Annegrit mit ihrer Freundin Bea um die Wette strahlte. Die beiden trugen die gleichen pinkfarbenen Shirts und dazu kurze Jeansshorts, die ihre langen Beine betonten.

Es gab auch Fotos von einer Siegerehrung, mit Annegrit auf dem ersten Platz, die freudestrahlend eine Medaille in die Luft hielt. Bea stand auf Platz drei daneben. Auch sie lächelte – allerdings nicht ganz so enthusiastisch wie Annegrit.

Dann nahm Marie ein Foto zur Hand, auf dem zwei Jungen abgebildet waren, die einander ziemlich ähnlich sahen. Beide hatten halblange hellblonde Haare und trugen ziemlich coole Klamotten.

»Wer ist das?« Döbele wies mit dem Finger auf den Jungen, der in etwa Annegrits Alter haben musste.

»Wollen doch mal sehen.« Herr Eberle und seine Lebensgefährtin hatten sich die Mühe gemacht, die Fotos in Schwarz-weiß zu fotokopieren und die Kopien zu den Originalen dazuzulegen. Dabei hatten sie die Kopien neben den jeweiligen Gesichtern mit Namen versehen.

»Das ist offensichtlich Johann Jansen. Er ist einer der Söhne des Gärtners, der sich um den Garten der Familie Lind beziehungsweise Eberle kümmert«, stellte Marie mit einem Blick auf die beschrifteten Kopien fest.

»Und welchen Bezug hatte er zu Annegrit?«, wollte Döbele jetzt wissen.

»Er ist wohl kurz mit ihr zusammen gewesen oder hatte jedenfalls mal irgendetwas mit ihr, wie mir ihre Freundin Bea erzählt hat. Mia hat das dann übrigens noch bestätigt. Dann hat Annegrit es sich aber wohl anders überlegt. Ist natürlich die Frage, ob er das so einfach akzeptiert hat.«

»Aha. Und der andere?« Döbele zeigte jetzt auf den Jungen, der direkt neben Johann stand.

»Hier steht Patrick Jansen. Das dürfte dann wohl Johanns Bruder sein. Die beiden sehen sich ja auch ziemlich ähnlich. Ob es bei dem Bruder irgendeine Verbindung zu Annegrit gibt, wissen wir noch nicht.«

»Dann sollten wir vielleicht erst einmal sehen, was es noch Interessantes über Johann herauszufinden gibt, oder?«

Marie nickte.

»Da haben Sie ausnahmsweise einmal recht.«

Johann

Marie und Jan Döbele verabredeten sich noch für denselben Tag mit Johann Jansen auf der Wache.

Der Junge erschien um 14:50 Uhr, zehn Minuten zu früh, zu dem Termin und stand nervös auf dem engen Flur herum, bis Marie ihn schließlich in ihr Büro bat. Döbele war ebenfalls schon da und hatte bereits an dem kleinen runden Besprechungstisch Platz genommen. Auf dem Tisch standen drei Tassen und drei Gläser bereit. Die derzeitige Schülerpraktikantin hatte Kaffee gekocht und eine Flasche kühles Leitungswasser bereitgestellt. Wenn es nach Marie ging, könnte sie gerne bleiben. Sie sah sich den Jungen genauer an. Er wirkte wie einer der Teenager, die zu der cooleren Sorte gehörten. Seine Baggy Jeans hing so tief, dass der Bund seiner Carhartt-Unterhose zu sehen war. Außerdem trug er einen schwarzen Kapuzensweater mit einem Graffiti darauf. Das Baseballcap, das mit einem Schriftzug versehen war, den Marie beim besten Willen nicht entziffern konnte, nahm er ab, nachdem er sich hingesetzt hatte. Marie schloss daraus, dass er sich vermutlich durchaus zu benehmen wusste.

Unter der Kappe kamen hellblonde, kinnlange Haare zum Vorschein. Er hatte ein Gesicht mit ungewöhnlich grünen Augen, in das sich sicherlich so mancher Teenager verlieben konnte. Außerdem war er groß und muskulös, soweit Marie das erkennen konnte.

»So, Johann, danke zunächst, dass du dir so spontan Zeit für uns nehmen konntest. Darf ich noch Du sagen, oder lieber Sie?«

»Du ist okay«, nervös knetete der Junge seine Hände und sah dabei immer wieder abwechselnd von einem zum anderen.

»Prima. Du weißt, warum du hier bist, oder?«

Der Junge nickte.

»Wie gut kanntest du Annegrit Lind?«

Johann zögerte einen Moment, ehe er antwortete.

»Einigermaßen. Wir waren Freunde – irgendwie.«

»Irgendwie? Was heißt das jetzt?«

»Na, wir kannten uns halt und haben ab und an zusammen gechillt. So was halt.«

»Und kannst du das etwas genauer beschreiben? Woher kanntet ihr euch? Was habt ihr da so gemacht, wenn ihr euch gesehen und gechillt habt?« Marie hatte sich eine der Tassen geschnappt und goss sich etwas Kaffee ein. Döbele griff ebenfalls nach einer Tasse. Marie sah fragend zu Johann hinüber, der jedoch den Kopf schüttelte.

»Wir kennen uns eigentlich seit der Grundschule. Später sind wir dann auch auf die gleiche Schule gegangen. Ich habe dann aber in der Sechsten gemerkt, dass das Gymnasium nichts für mich ist, und bin auf die Gesamtschule gewechselt. Über ein paar Freunde, Ben und Tom, die ja noch in die gleiche Stufe gehen wie Annegrit, sind wir uns dann irgendwann wieder begegnet. Ich mein, hier kennt ja sowieso jeder jeden und man läuft sich auch so ab und an über den Weg.«

»Verstehe.« Döbele schielte kurz zu Marie hinüber, die jedoch nichts dagegen zu haben schien, dass er ebenfalls ein paar Fragen stellte.

»Und wart ihr, ich meine hattet ihr, also war das nur Freundschaft oder war da mehr oder so?«, stellte Döbele etwas umständlich seine Frage.

Auf Johanns Wangen bildeten sich jetzt ein paar rote Flecken. Er fuhr sich nervös mit der Hand durchs Haar und griff dann nach einem der Gläser, die noch immer unberührt auf dem Tisch vor ihm standen.

»Also, wir hatten mal was. Kurz.« Er goss sich etwas Wasser ein, trank jedoch nicht. »War aber dann nicht so … irgendwie und dann halt auch schnell wieder vorbei.«

Marie hatte den Eindruck, dass es besser war, wenn sie Döbele weiter die Fragen stellen ließ. Döbele verstand.

»Und was heißt das genau?«

»Das weiß ich irgendwie auch nicht so wirklich.« Johann nahm jetzt einen Schluck Wasser, schluckte dabei hörbar und drehte dann das Glas in seinen Händen hin und her.

»Aha. Was war denn der Grund, dass es vorbei war?«

»Weiß ich auch nicht.« Der Junge senkte den Blick und wirkte jetzt ein wenig hilflos.

»Und wann genau war Ende?«, versuchte Döbele es weiter.

»Ist jetzt schon so drei oder vier Monate her.«

»Und, seitdem seid ihr nur noch befreundet gewesen, oder wie?«

»Genau.«

»Mmmh. Nicht ganz einfach würde ich sagen. Das mit der anschließenden Freundschaft meine ich. Oder? Wie war das denn für dich?«

»Ging schon.«

Marie sah Johann an, dass er jetzt am liebsten gegangen wäre. Er hatte wieder damit begonnen, seine Hände zu kneten und starrte jetzt auf einen Punkt auf dem Tisch vor sich, ohne aufzublicken.

»Und wann und wie oft habt ihr euch dann noch gesehen, als ihr nicht mehr zusammen wart?«, ließ Döbele nicht locker.

»Ab und an halt. Keine Ahnung.«

»Okay. Und wann war das letzte Mal?«

»Weiß nicht ... Ich glaub, das war vor einer Woche ungefähr. Bei Tom auf der Party.«

»Tom und wie weiter?«

»Scholz. Wohnt im Auenweg.«

»Schicke Gegend«, Döbele sah kurz zu Marie.

Johann zuckte mit den Schultern.

»Und allein habt ihr euch danach nicht mehr getroffen?«

»Nö.«

Jetzt brachte sich Marie wieder ein.

»Alles klar, Johann. Vielleicht kannst du uns noch ein bisschen was über die Party erzählen? Wer war denn so alles da? Hat es vielleicht einen Streit gegeben?«

»Was soll ich da erzählen. War halt `ne Party. Toms Eltern waren nicht da und wir haben uns mit ein paar Leuten bei ihm zu Hause getroffen. Die haben einen Partykeller und einen großen Garten. Voll cool auf jeden Fall so. Es waren auch eigentlich alle da, mit denen man so zu tun hat, in unserem Alter meine ich. Und noch ein paar Leute aus den Nachbardörfern waren auch da. Streit hat es keinen gegeben. Habe ich zumindest nix von mitgekriegt.«

»Und gab es auf der Party auch illegale Substanzen?«

»Was? Wieso fragen Sie mich das? Nein. Natürlich nicht«, irritiert sah Johann auf.

»Wir haben in Annegrits Blut Ritalin nachgewiesen. Vielleicht kennst du jemanden, der das Zeug verkauft?«

Marie nahm wahr, dass Johann blass wurde. Nach kurzem Zögern antwortete er.

»Da habe ich nichts mit zu tun. Und auch sonst niemand, den ich kenne. Und außerdem, das ist ja auch nicht wirklich illegal, oder?« Johann rutschte jetzt unruhig auf seinem Stuhl hin und her.

»Doch ist es. Zumindest wenn man es nimmt, ohne dass man es braucht. Und demnach ist es auch illegal, jemandem das Zeug zu verkaufen, der es eigentlich nicht benötigt.« Döbele sah Johann jetzt eindringlich an

»Ach so, sie meinen, wenn jemand ADHS hat, dann darf man es legal nehmen und sonst nicht, oder?«, wollte Johann wissen.

»Genau. Kennst du da denn jemanden?«

Wieder bildeten sich rote Flecken auf Johanns Wangen.

»Nein. Kenne ich nicht«, kam schließlich etwas zögerlich seine Antwort.

»Und mit wem hat sich Annegrit an dem Abend so unterhalten?«

»Mit vielen, denke ich. Was weiß ich? Hab ja schließlich nicht die ganze Zeit darauf geachtet.«

»Verstehe. Eine Freundin von Annegrit hat da so was angedeutet.«

»Was meinen Sie? Was hat die Kahba denn gesagt?« Johann sah alarmiert auf.

»Die ‚Kahba‘ meinte, du hättest ihr ein wenig … nachgestellt. Ist da was dran?«

»Hölle nein. Hab ich nicht.«

»Aha. Und was denkst du, wie sie darauf kommt?«, fragte Marie.

»Woher soll ich das wissen? Bestimmt behauptet das eine aus dieser verrückten ‚Girls-Only‘ Clique.« Johann malte mit den Fingern Anführungszeichen in die Luft. »Die sind eh voll cringe.«

»Ja, genau, die meine ich. Klingt so, als wärst du da nicht so begeistert von?« Marie beobachtete Johann, der jetzt zögerte, genau.

»Nee. Bin ich auch nicht. Seitdem Anne mit der abhing, hat sie sich komplett verändert.«

»Was meinst du damit?«

»Sie hat sich zurückgezogen.«

»Du meinst von dir?«

»Auch. Aber ich glaub auch von den anderen – also ihrer eigentlichen Clique. Keine Ahnung, was sie an der fand.«

Er schob das mittlerweile leere Glas zwischen seinen Händen hin und her, was ein unangenehmes, schabendes Geräusch verursachte.

»Und hast du nicht versucht, sie zurückzubekommen oder so?«

»Nein!« Das Glas fiel mit einem Klirren um. Johann stellte es rasch wieder auf.

»Alles klar. Alles klar«, versuchte Döbele den sichtbar aufgebrachten Jungen zu beschwichtigen. »Hast du vielleicht abschließend noch eine Idee dazu, wer etwas gegen Annegrit gehabt haben könnte? Mal irgendetwas mitgekriegt?«

»Kein Plan. Nee. Weiß ich nicht. Sie war halt voll der Gymkie, aber sonst eigentlich ziemlich entspannt.«

»Aha. In Ordnung. Falls dir sonst noch etwas dazu einfällt, melde dich doch bitte bei uns, ja? Ansonsten kannst du erst mal gehen. Je nachdem werden wir uns bei dir dann auch noch einmal melden, ja?«, erklärte Marie, der wieder einmal bewusstwurde, dass sie deutliche Lücken im Bereich der Jugendsprache zu verzeichnen hatte.

Der Junge nickte wieder.

»Eins noch, bevor wir dich für heute entlassen ...Wo warst du an besagtem Abend, als Annegrit erschlagen wurde?«, schob die Kommissarin nach.

»Ich war zu Hause.«

»Allein?«

»Mein Vater war auch noch da.«

»Gut. Das war es dann fürs Erste.« Marie sah kurz zu Döbele hinüber, der ihr mit einem Nicken bedeutete, ebenfalls keine Fragen mehr zu haben.

Der Junge atmete erleichtert auf, ehe er seinen Stuhl zurückschob, seine Kappe aufsetzte und es dann sehr eilig hatte, das Büro zu verlassen.

»Der wurde jetzt aber doch ganz schön nervös, oder?«, stellte Döbele mit einem Seitenblick auf Marie fest.

»Allerdings. Und je nervöser er wurde, desto mehr hat er für mich unverständliche Wörter benutzt.«

Döbele grinste. »Also wenn ich das für Sie übersetzen soll ...«

»Danke, danke. Passt schon. Ich erschließe mir das dann einfach aus dem Gesamtzusammenhang.«

Die Clique

Nach dem Gespräch mit Johann war Marie noch nicht nach Feierabend zumute. Sie beschloss daher, Annegrits Clique aufzusuchen. Döbele würde sie begleiten.

Von Annegrits Eltern hatten sie erfahren, dass sich die Clique, zu der Annegrit lange Zeit fest dazugehört hatte, bei gutem Wetter meist vor dem örtlichen Supermarkt traf.

Da die Sonne schien und Marie zumindest vorerst nicht jeden einzeln vorladen wollte, empfand sie es als eine gute Idee, vor Ort nachzusehen, wer von ihnen heute dort wäre. So würde es sicherlich am schnellsten gehen.

Sie nahmen das Auto und waren in fünf Minuten an Ort und Stelle.

Zu Maries Freude standen auch tatsächlich einige Teenager vor dem Supermarkt und unterhielten sich.

Als sie angehalten hatten, fluchte Döbele leise vor sich hin.

»Was ist los?« Leicht genervt sah Marie zur Seite.

»Hab mein Rauchgerät liegen lassen.« Mit gehetztem Blick sah Döbele sie an.

Marie erwiderte den Blick mit einem Augenrollen und stieg aus.

»Ich hoffe, Sie können sich dennoch konzentrieren.« Ein warnender Blick streifte den ohnehin schon nervösen Jungpolizisten, der vorsichtshalber nichts weiter erwiderte.

Als Marie und Döbele ausstiegen, verstummten sofort alle Gespräche. Bea, so stellte Marie mit einem Blick fest, war heute nicht dabei.

»Einen schönen guten Tag zusammen. Gut, dass wir euch hier antreffen. Polizei Schovenbüll. Mein Name ist Marie Eisele und das hier ist mein Kollege Dö…«, Marie räusperte sich, »Jan Döbele.« Die Kommissarin nickte kurz in

Richtung des Kollegen, der zum Gruß kurz die Hand in Richtung der Umstehenden hob.

Es waren fünf Teenager anwesend. Einer von ihnen, ein Junge mit halblangen dunklen Haaren, ergriff zuerst das Wort.

»Geht es um Annegrit?«

»Genau. Wir würden euch gerne ein paar Fragen stellen, wenn ihr nichts dagegen habt.«

»Haben wir nicht.« Der Junge sah sich kurz um. Die anderen nickten zustimmend.

»Alles klar. Döbele, machen Sie sich ein paar Notizen.« Jan Döbele zückte sein iPad.

»Wann habt ihr Annegrit denn das letzte Mal gesehen?«

»Am Samstag. Da waren wir alle zusammen grillen. Hinten am kleinen Wäldchen. Kennen Sie das?«

»Das kleine Waldstück unten am Hafen?«

»Ja, genau. Wir waren alle da, denke ich, oder?«

Jetzt sprach eines der Mädchen. »Ja, genau. Wir waren noch mal wirklich alle zusammen. Das war schon länger nicht mehr so.«

»Okay. Wie viele wart ihr denn genau am Samstag?«

»Wir waren zu siebt.«

»Okay. Und wer war da alles dabei?«

»Also, da waren ich, ich heiße Sophie, Marc, Bea, Jona, Sammy, Levi und die Anne halt.« Bei der Erwähnung des letzten Namens versagte dem Mädchen mit den langen roten Haaren, das ihnen gerade geantwortet hatte, beinahe die Stimme.

»Und gab es da irgendwelche Besonderheiten?«

»Was meinen Sie?«, jetzt war es einer der Jungen, der Marie diese Frage stellte.

»Ist euch an dem Abend oder davor irgendetwas an Annegrit aufgefallen? War sie vielleicht irgendwie anders als sonst?«

Marie beobachtete die Gruppe genau und auch Döbele sah jetzt von seinen Notizen auf.

Es dauerte einen Moment, bis ein Mädchen mit kurzen blonden Haaren zaghaft antwortete.

»Also irgendwie war Marie schon seit einiger Zeit nicht mehr so dieselbe. Ganz davon abgesehen, dass die ja ohnehin oft nicht dabei sein konnte. Wegen dem Sport und dann noch wegen der Schule und so. Die musste ja öfters auch nacharbeiten, wenn sie wegen der Wettkämpfe was verpasst hat.«

Einige der Teenager nickten.

»Verrätst du uns deinen Namen?«

»Samantha. Sie können aber ruhig Sammy zu mir sagen.«

»Was genau meinst du damit, Sammy, dass sie in letzter Zeit nicht mehr dieselbe war?« Marie sah das Mädchen interessiert an.

»Sie war halt irgendwie … anders. Keine Ahnung. Mal ziemlich still, dann wieder voll aufgekratzt. Und sie war noch weniger als sonst bei unseren Treffen mit dabei. Ich glaub, sie war auch noch mit anderen unterwegs. Kennen Sie Bea?«

Marie nickte.

»Die weiß da bestimmt mehr als wir anderen. Die war mit Marie auch eigentlich am engsten von uns allen befreundet.«

»Mit Bea habe ich schon gesprochen. Sie erzählte etwas von einer Mia, aus einer Clique aus Großgerstrow.«

»Ja, genau. Mia, so heißt die. Ich bin übrigens der Jona.« Jona trug lange Haare und ein Basecap, das er sich verkehrt herum auf den Kopf gesetzt hatte. »Den Namen hat sie ein paar Mal erwähnt. Und außerdem hing sie zumindest für eine Zeit mit diesem Johann ab. Ein ziemlicher Teilzeittarzan, wenn sie mich fragen. Kennen Sie den auch?«

Marie bestätigte auch das.

»Hat sie da denn ein bisschen mehr darüber erzählt?«

»Nur, dass da wohl mal kurz was lief. Zwischen Johann und Anne, meine ich. Sonst nicht viel.« Ein Junge mit einem runden Gesicht und dichten dunklen Locken, der Marie irgendwie an die knuddeligen Monchhichis aus ihrer Kindheit erinnerte und sich ihnen als Marc vorstellte, machte eine ungenaue Handbewegung.

»Hattet ihr denn den Eindruck, dass Annegrit vor irgendwem Angst hatte oder über irgendetwas in Sorge war?«

»Meinen Sie jetzt den Johann, oder was?« Die Frage kam von Jona.

»Zum Beispiel.«

»Also dann vielleicht eher vor Mia. Also nicht direkt Angst oder so. Aber manchmal hatte man den Eindruck, dass sie der auf gar keinen Fall begegnen wollte. Wisst ihr noch beim Sommerfest? Da wollte sie extra woanders lang gehen, weil Mia mit ihren Eltern vor dem Getränkewagen stand. Der Johann war zwar ein bisschen nervig, aber sonst ...«

»Und hat sie da nie mehr erzählt? Habt ihr nicht mal nachgefragt, was da los ist?«, hakte Marie nach.

»Doch schon, aber sie hat einfach nichts erzählen wollen. Hat dann das Thema gewechselt und so. Ich bin übrigens der Levi«, antwortete ein Junge mit ebenfalls roten Haaren, die ihm wirr vom Kopf abstanden.

»Verstehe.«

»Wollen Sie noch was wissen?«

»Ja. Wollen wir. Kennt ihr irgendjemanden, der was Illegales verkauft?«

»Sie meinen Drogen oder so?«

»Genau. Besonders würde uns interessieren, ob ihr jemanden kennt, der Ritalin verkauft oder aber vielleicht selbst konsumiert.«

»Nee.« Alle schüttelten den Kopf.

»Ritalin ist ja aber auch nicht unbedingt illegal, oder?« Es war Jona, der die Frage an die Polizisten richtete.

»Solange es dir verschrieben wird, nicht. Ansonsten allerdings schon.«

Jona nickte. »Ja, okay …«, sagte er zögerlich, sprach dann aber nicht weiter.

»Okay, Herrschaften. Danke. Das war es dann erst einmal. Vielleicht könntet ihr Herrn Döbele aber noch eure Namen und Kontaktdaten geben. Dann würden wir uns je nachdem wieder bei euch melden. Außerdem lasse ich euch meine Karte da. Wenn was ist oder euch noch was einfällt, dann gebt ihr uns Bescheid, okay?«

Marie reichte Jona ihre Karte.

»Macht euch am besten alle ein Foto davon.«

Die Kids zückten ihre Handys und reichten die Karte herum.

»Dürfen wir vielleicht auch ein Foto von euch machen? So können wir euch leichter zuordnen.« Marie hielt ihr Handy hoch.

Die Teenager zögerten kurz. Hatten aber schließlich nichts dagegen.

»Nur nicht posten, gell?« kam, begleitet von einem schelmischen Grinsen, ein Kommentar von Levi.

»Sicher nicht.« Marie zwinkerte ihm kurz im Weggehen zu.

Wieder zurück im Auto ließ Marie die Fenster herunter, bevor sie den Motor startete. Die Sonne schien eifrig durch die Scheiben, sodass es warm und ein wenig stickig im Inneren war. Sie ließ das Fahrzeug an und sie fuhren los in Richtung Revier.

»Und was halten Sie davon? Was ist Ihnen aufgefallen, Döbele?«

»Was mir aufgefallen ist?« Döbele fingerte nervös an der Klimaanlage herum, ließ es dann aber wieder sein.

»Ja, also, ich fand die alle irgendwie ziemlich … nett. Passt ja auch ganz gut ins Bild, das wir von Annegrit haben, oder?«

Marie nickte.

»Und außerdem, also ich denke, wir sollten uns Johann und diese Mia vielleicht ein wenig genauer ansehen? Vor allem natürlich Mia, oder?« Er sah unsicher zu Marie hinüber, die konzentriert vor sich auf die Straße blickte.

»Ganz genau, Döbele. Laden wir das Mädchen doch mal zu uns ein.«

»Haben wir denn die Kontaktdaten?«, fiel Döbele ein.

»Lasst Blumen sprechen.« Marie zwinkerte Döbele zu, der sie nur verständnislos ansah.

Zurück auf dem Revier fand Marie sehr schnell, wonach sie suchte. Der Inhaber des Blumenladens hieß Reinhard Beck. Das musste Mias Vater sein, den Beatrice Petersen erwähnt hatte. Im Impressum stand eine Adresse. Da hier eine andere als die Adresse des Blumenladens stand, schloss Marie daraus, dass es sich hierbei vermutlich um seine Privatadresse handelte. Eine Abfrage im Melderegister bestätigte ihre Theorie. Mia war ebenfalls an der Adresse gemeldet. Damit es schneller ging, verfasste Marie für Mia eine Einladung für den nächsten Tag und beschloss, diese auf ihrem Nachhauseweg persönlich dort einzuwerfen.

Beck

Das Haus der Becks stand etwas zurückversetzt. Dicht bewachsene Büsche und ein alter Baumbestand umsäumten das Grundstück, sodass man es erst richtig sehen konnte, wenn man beinahe direkt davorstand. Marie parkte ihren Wagen auf der gegenüberliegenden Straßenseite. Dann zögerte sie.

Neben dem Gebüsch, welches das Grundstück der Becks umschloss, bewegte sich etwas. Stand da nicht jemand? Breite Baggy Jeans, Baseballkappe? Sie glaubte Johann zu erkennen

Jetzt war sich Marie sicher. Die Person, die dort ihr gegenüber an der Ecke stand und in Richtung Haus sah, war Johann Jansen.

Vielleicht, so überlegte sie kurz, war er ja hier, um etwas Berufliches zu besprechen. Schließlich war sein Vater Gärtner und Herr Beck Blumenhändler.

Doch etwas an seinem Verhalten ließ sie daran zweifeln. Er bewegte sich überhaupt nicht, sondern stand wie festgewachsen dort und schien das Grundstück zu beobachten. Ob er auf jemanden wartete?

Marie beschloss, zunächst einmal selbst abzuwarten, um zu sehen, was weiter geschah.

Nach gut fünfzehn Minuten, in denen Marie ihre E-Mails gelesen und zwei davon beantwortet hatte, kam endlich Bewegung in die Sache. Das Gartentor öffnete sich und Mia erschien. Sie schob ihr Fahrrad neben sich her, stieg, nachdem sie das Tor wieder hinter sich geschlossen hatte, auf und wollte offensichtlich gerade losfahren, als sie von Johann, der ihr mit ausgebreiteten Armen den Weg versperrte, daran gehindert wurde.

Es war nicht verwunderlich, dass Mia, die erschrocken bremste und versuchte auszuweichen, beinahe gestürzt wäre. Sie fluchte lauthals.

Marie ließ die Fensterscheibe herunter, um besser hören zu können und kam so in den fragwürdigen Genuss einiger Begrifflichkeiten, die sich gegen Johann richteten, die dieser jedoch scheinbar geduldig über sich ergehen ließ. Dann sagte er etwas zu Mia, das Marie zu ihrem Bedauern jedoch nicht verstand.

Mia hingegen sprach deutlich lauter, sodass Marie genug hörte, um einigermaßen mitzubekommen, worum es ging.

»Was soll das du Psycho? Ich hab da nix mit zu tun. Du spinnst doch komplett!«

Dann setzte sich das Mädchen wieder auf ihr Rad und ließ Johann kurzerhand stehen.

Gleich darauf verließ auch er zu Fuß den Ort des Geschehens.

Marie wartete noch einen Moment, ehe sie ausstieg, um ihre Einladung für Mia in den Briefkasten zu werfen, der sich zum Glück direkt am Zaun befand, sodass sie das Grundstück der Becks gar nicht erst betreten musste.

Donnerstag

Home Sweet Home

Am nächsten Morgen wurde Marie schon sehr früh von Eddie geweckt. Der Rüde stand an ihrem Bett und winselte. Es war offensichtlich, dass er dringend hinausmusste. Sie schnappte sich ihren Jogginganzug und die Turnschuhe. Auf Socken verzichtete sie.

Dann drehte sie eine kleine Runde um den Block. Auf ihrem Spaziergang, vorbei an den kleinen Einfamilienhäusern, kam ihr in den Sinn, die Nachbarn der Linds zu befragen. Vielleicht hatten Sie in letzter Zeit etwas beobachtet, das sie weiterbrachte. Schließlich achtete man hier noch aufeinander.

Sie dachte auch noch einmal über Mia nach. Heute Nachmittag würde sie gemeinsam mit Döbele noch einmal mit dem Mädchen sprechen. Vorausgesetzt natürlich, dass sie auch tatsächlich kommen würde.

Johann schien ihr ebenfalls eine Person von Interesse zu sein. Was hatte er gestern Nachmittag bei Mia zu suchen gehabt? Wollte er sie zur Rede stellen, weil sie ihm die Freundin ausgespannt hatte? Oder hatte er sie gar im Verdacht, etwas mit dem Mord an Annegrit zu tun zu haben, was schließlich bedeuten würde, dass er es nicht war, der das Mädchen umgebracht hatte und das, obwohl er aus ihrer Sicht als enttäuschter Liebhaber durchaus ein Motiv gehabt hätte.

Sie würden also auch ihn noch einmal befragen müssen.

Wieder von der Gassirunde zurückgekehrt, holte sie zunächst Eddies Barfmahlzeit – rohes Fleisch mit Gemüse – aus dem Kühlschrank. Sie übergoss das Ganze mit etwas warmem Wasser, damit es nicht zu kalt für ihn war und ihm am Ende noch auf den Hundemagen schlug.

Für sich selbst bereitete sie eine Tasse Kaffee und zwei Spiegeleier zu, von denen sie ein kleines bisschen an Eddie verfütterte, der sie mit erwartungsfrohem Blick ansah, um noch ein wenig mehr zu bekommen.

Danach zog sie sich um, steckte die Hundeüberwachungskamera ein, streichelte Eddie, der sich schon wieder in sein Körbchen zurückgezogen hatte, und verließ das Haus, um ins Auto zu steigen.

Als sie am Revier ankam, war außer ihr auch schon jemand anderes da. Döbele.

»Moinsen. Was machen Sie denn schon hier, Frau Eisele?«

»Moin Döbele. Dasselbe könnte ich Sie jetzt auch fragen.«

»Konnte nicht schlafen. Und Sie?«

»Der Hund.«

Döbele nickte verstehend.

»Kaffee?«

»Danke. Ich dachte, ich fahre gleich mal bei Lina vorbei und trinke da einen. Schmeckt einfach besser.«

Der erwartungsvolle Blick, den Döbele ihr nun zuwarf, erinnerte sie so sehr an Eddy, dass sie sich selbst sagen hörte: »Wollen Sie vielleicht mit?«

Der junge Kollege lächelte zufrieden.

Am Büdchen standen außer ihnen noch zwei Mitarbeiter der Straßenreinigung, um sich ebenfalls einen Kaffee zu genehmigen.

Marie bestellte zwei Becher Kaffee. Einen für sich selbst, schwarz und einen mit Milch und Zucker für Döbele.

Lina schien zum Glück verstanden zu haben, dass es sich nicht lohnte, Döbele schöne Augen zu machen und verhielt sich wieder völlig normal, wofür Marie ihr sehr dankbar war.

Marie und Döbele tranken ihren Kaffee, ohne miteinander zu sprechen, und blickten dabei hinaus aufs Meer, das heute ruhig und glänzend in der Morgensonne lag.

Dabei ging Marie durch den Kopf, dass Döbele in letzter Zeit glücklicherweise nicht mehr versucht hatte, sie zu unterhalten. Das standhafte Ignorieren, wenn er damit begann, von seinen privaten Vorhaben zu erzählen, zeigte also endlich Wirkung.

Dafür kamen andere im Revier in den Genuss seiner Geschichten. Dabei ging es meistens um Dinge, die er irgendwann einmal gerne machen würde und Orte, die er in seinem Leben unbedingt noch besuchen wollte. Ganz offensichtlich verbrachte er viel Zeit damit, darüber im Vorfeld ausgiebige Recherchen anzustellen, um auf keinen Fall etwas vermeintlich Wichtiges zu verpassen.

Nachdem sie ihre Becher beinahe geleert hatten, sprach Döbele seine Chefin dann aber doch noch an – immerhin war es dienstlich.

»Und Frau Eisele, was machen wir heute?«

Marie seufzte leise.

»Wir fahren gleich mal zu den Nachbarn der Familie Lind und hören uns da mal um. Heute Nachmittag kommt dann hoffentlich Mia. Ich habe ihr gestern eine Einladung in den Briefkasten geworfen.«

»Aha. Persönlich?«

»Natürlich persönlich. Was denn sonst?«

»Ich mein ja nur. Das hätte ja sonst auch ich für sie erledigen können.«

»Das ist sehr aufmerksam von Ihnen. Aber das schaffe ich dann doch gerade noch selbst. Außerdem konnte ich so noch einige interessante Beobachtungen machen.«

»Und welche wären das?«

Marie berichtete von dem, was sich gestern am Nachmittag vor dem Haus der Becks ereignet hatte, und Döbele hörte interessiert und aufmerksam zu.

Anschließend stellten sie ihre Tassen zurück auf den Tresen und verließen dann – Lina und das Meer hinter sich zurücklassend – den Hafen in Richtung Parkplatz.

Nachbarn

Sie benötigten nur wenige Minuten bis zum Haus der Familie Lind. Marie parkte ihren Wagen direkt vor dem Haus. Auch so ein Vorteil des Landlebens, wie Marie fand. Die Wege waren meist nicht allzu weit und einen Parkplatz fand man in der Regel auch ohne Probleme. Mit Annegrits Mutter würden sie sich auch noch einmal unterhalten. Sie beschloss, später bei ihr zu klingeln und hoffte, dass sie da wäre. Zumindest aber befand sich ihr Wagen in der Einfahrt, was ihre Annahme stützte.

»Mit wem fangen wir an?« Döbele scharrte offensichtlich schon mit den Hufen.

»Ich schlage vor, dass wir uns trennen. Sie nehmen die Nachbarn der Linds auf der rechten und ich die auf der linken Seite. Ich denke, die nächsten Nachbarn reichen.«

»Also, welche jetzt genau?«, wollte Döbele wissen.

»Die direkt daneben und die daneben. Und dann noch die vier Häuser gegenüber.« Marie wies auf die gegenüberliegende Straßenseite. »Das macht ...« Marie hielt ein paar Finger in die Luft.«

»Vier für jeden von uns.«

»Genau Döbele.«

Spanner

Marie nahm sich zuerst eines der gegenüberliegenden Häuser vor. Auf dem Klingelschild stand Scholz.

Als sie auf den Knopf drückte, wurde augenblicklich die Tür aufgerissen. Eine ältere, rüstig aussehende Dame jenseits der Achtzig stand ihr gegenüber und sah sie interessiert an.

»Guten Tag. Frau Scholz, nehme ich an?«

»Elvira Scholz. Und wer sind Sie?«

»Kommissarin Eisele von der Polizei. Darf ich Ihnen vielleicht ein paar Fragen stellen?«

»Wo ist denn Ihre Dienstmarke?«

»Meine … Ach so. Ich zeige Ihnen sofort meinen Ausweis.« Sie hielt ihn Frau Scholz hin, die direkt danach griff, ihn ihr aus der Hand nahm, um prompt und mit erstaunlicher Geschwindigkeit für eine so alte Dame damit in ihrer Wohnung zu verschwinden, ohne dass Marie Gelegenheit gehabt hätte zu reagieren. Überrascht und ein wenig irritiert folgte sie ihr ins Wohnzimmer.

Dort angekommen, griff Elvira Scholz nach ihrer Lesebrille, die dort auf einer Kommode lag, und setzte sie sich auf die Nase. Dann studierte sie sorgfältig Maries Dienstausweis. Nachdem sie alles genauestens überprüft hatte, reichte sie ihn wieder an Marie zurück, die ihn, immer noch ein wenig irritiert, rasch in ihre Tasche steckte.

»Scheint in Ordnung zu sein. Was wollen Sie denn wissen?«

»Vermutlich haben Sie es schon mitbekommen …«

»Dass das junge Mädel von gegenüber tot ist, meinen Sie? Ermordet, oder? Die Annegrit. Was für eine Verschwendung. So ein hübsches, junges Ding. Und ganz nett war die auch noch.«

»Ja, genau. Die Annegrit. Können Sie mir vielleicht ein bisschen was über sie erzählen? Ist Ihnen irgendetwas aufgefallen? Wen haben sie zum Beispiel zusammen mit ihr gesehen?«

»Langsam langsam, junge Frau. Das sind ja ganz schön viele Fragen auf einmal, die sie da haben. Also zunächst einmal, die Familie scheint ganz anständig zu sein. Der Herr Eberle ist zwar nicht Annegrits leiblicher Vater gewesen, aber was solls. Hat sich gut gekümmert um die Frau und das Kind. Da kann man nichts Negatives drüber sagen. Die Frau Lind hat mir ein paar Mal ausgeholfen, wenn ich Hilfe mit irgendetwas brauchte. Eine nette Person eigentlich. Genauso wie die Tochter. Beide sehr nett. Allerdings, also, wenn Sie mich fragen, dann hätte ich schon sagen mögen, dass die Frau Lind sich ab und an einmal weniger um ihr Äußeres als vielleicht ein bisschen mehr um ihre Tochter hätte kümmern sollen. Vor allem, als die Annegrit noch kleiner war. Jetzt ist … beziehungsweise war die ja schon groß.«

»Interessant. Was meinen Sie denn da genau mit, Frau Scholz?«

»Was ich damit meine ist, dass die immer viel Sport getrieben hat. Spricht ja auch nichts dagegen, was für die eigene Gesundheit zu tun, aber das muss ja vielleicht auch nicht jeden Tag sein. Morgens ist die meistens Joggen gewesen, manchmal hatte sie da auch den Kinderwagen dabei. Sie wissen schon … so einen modernen, mit drei Rädern.«

Marie nickte.

»Und am Abend, da ist die dann oft noch ins Fitnessstudio. Das weiß ich von meiner Nachbarin, der Ingetraut, deren Sohn der Jan, der arbeitet nämlich dort.«

»Verstehe.« Marie machte sich ein paar Notizen.

»Ja, und die Kleine, die hat sie dann nämlich in der Zeit allein gelassen. Das ging los, da war die vielleicht gerade mal vier oder fünf Jahre alt, denke ich.«

»Das ist vermutlich schon auch ein bisschen riskant«, befand Marie.

»Eben«, meinte Frau Scholz. »Tja, und später, da hat die Annegrit ja dann auch mit dem Sport angefangen. Ehrgeizig wie die Mutter. Die hat ja im Übrigen auch geturnt, als die noch jung war. War ziemlich erfolgreich damals. Da kann ich mich noch gut daran erinnern.«

»Ach ja? Also ebenso wie Annegrit.«

»Ebenso wie Annegrit. Ja, das kann man wohl so sagen.«

»Das ist wirklich ganz aufschlussreich, Frau Scholz. Vielen Dank schon einmal für diese wertvollen Informationen.«

Frau Scholz nickte zufrieden.

»Und was war mit Besuchern? Haben Sie da gelegentlich etwas mitbekommen?«

»Selbstverständlich habe ich das. Dazu brauche ich ja nur mal einen Blick aus dem Fenster zu werfen ... Also hin und wieder kamen Freunde von der Annegrit zu Besuch. Der Johann, den habe ich da eine Weile ab und an gesehen. Ist der Sohn vom Gärtner, der ist hier in der Gegend viel gebucht und noch so ein Mädchen ... Sah ein bisschen wild aus, wenn Sie mich fragen. Ach, und die Bea. Kennen sie die? Die kam auch ab und an.«

»Ja, die Bea, die kennen wir schon. Wann war das etwa? Also in welchem Zeitraum haben Sie die Besucher bei Annegrit gesehen?«

»Also die Bea, die kommt ja schon seit Jahren, die war zuletzt vor ein paar Tagen da. So genau weiß ich das nicht mehr. Die Blonde, die habe ich bestimmt schon seit zwei Wochen nicht mehr gesehen und den Johann noch länger nicht. Zumindest nicht, dass er ins Haus gegangen wäre. Er ist ja manchmal da und hilft seinem Vater im Garten und so etwas ...«

»Okay ... Und so etwas?« Jetzt wurde Marie hellhörig. »So wie sie das sagen, klingt es ein wenig ...«

»Der hat hier ein paar Mal herumgestanden und das Haus beobachtet. Von meinem Grundstück aus.« Die alte Dame riss die Augen auf, um Marie bedeutungsschwer anzusehen.

»Erst habe ich gedacht, der möchte hier vielleicht auch etwas gärtnern oder so. Wäre ja möglich gewesen. Wobei das ja eigentlich mein Enkelsohn, der Paul, für mich übernimmt. Der kann das. Da brauche ich sonst niemanden. Aber dann habe ich gesehen, dass er hier nur herumlungert. Immer wieder hat er das gemacht.«

»Er hat herumgelungert, sagen Sie? Was genau meinen Sie denn damit?«

»Na, dagehockt hat er. Im Gebüsch, sodass man ihn von der Straße aus nicht hat sehen können. Aber hier vom Haus aus. Da hat man ihn schon sehen können, den Johann.«

»So, so.« Marie ging ans Fenster. »Und wo genau haben Sie da gestanden, als Sie ihn gesehen haben?«

Frau Scholz ging zu einem der Fenster und schob die Gardine beiseite. »Hier. Hier habe ich gestanden. Sehen Sie …«

Marie folgte der alten Dame und sah hinaus. Sie konnte das Gebüsch erkennen, auf das sie wies.

»Und … verzeihen Sie, wenn ich danach frage, aber es ist ja ein Stück weit weg, das Gebüsch. Haben Sie da wirklich genau den Johann erkannt?«

Frau Scholz drehte sich um und verschwand wortlos aus dem Raum. Marie fürchtete bereits, sie habe sie womöglich mit ihrer Frage beleidigt, als sie kurz darauf wieder durch die Tür trat und etwas in die Höhe hielt.

»Hier. Damit habe ich das genau sehen können. Gehörte meinem verstorbenen Mann, dem Eberhard.« Sie hielt ihr einen dunkelgrünen Feldstecher entgegen.

»Interessant.«

Nachdem sich Marie nochmals bei Frau Scholz bedankt und sich von ihr verabschiedet hatte, besuchte sie das Haus, das dem der Linds gegenüberstand. Hier wohnte eine junge Familie mit zwei kleinen Kindern. Sie schienen allerdings so sehr mit ihren eigenen Angelegenheiten beschäftigt zu sein, dass sich nichts Neues für sie ergab.

Direkt neben dem Haus der Familie Lind/Eberle lebte ein kinderloses Ehepaar mittleren Alters. Es war jedoch nur die Frau zu Hause.

Frau Olesen berichtete von gelegentlichen gemeinsamen Grillabenden mit der Familie Lind/Eberle. Ab und an seien auch Freunde von Annegrit mit dabei gewesen. Meistens Bea. Es gab jedoch zunächst nichts, das Marie aufhorchen ließ. Sie beschrieb die Familienverhältnisse, von kleineren Meinungsverschiedenheiten einmal abgesehen als stabil und harmonisch.

Als Marie allerdings wissen wollte, wie das Verhältnis zwischen den Eltern, insbesondere der Mutter und Annegrit gewesen war, fiel Marie auf, dass die Nachbarin, die so etwas wie eine lockere Freundschaft mit der Familie zu verbinden schien, zögerte.

»Also«, hob Frau Olesen an, »da kann ich jetzt so richtig gar nichts zu sagen. Ich meine, wir haben ja schließlich selbst keine Kinder.«

»Und doch werden Sie ja einen Eindruck haben, was da so los war.«

»Schon … aber … Also ich würde mal sagen, es wurde sich eigentlich immer gut um die Annegrit gekümmert. Schon allein, was den Sport anbelangte und die Schule. Das war ja beides wichtig.«

»Und sonst?«

»Sonst? Also ich glaube – so ganz unter uns – wurde ihr da ansonsten nicht allzu viel Raum gelassen. Es blieb ja auch nicht viel Zeit für etwas anderes. Das kann man sich ja sicherlich vorstellen.«

»Und hatten Sie denn den Eindruck, dass Annegrit das gerne anders gehabt hätte?«

»Von dem, was ich so mitbekommen habe, kann das schon sein. Ja. Also, wie gesagt, so sehr viel haben wir da ja nicht mitbekommen. Aber die ein oder andere

Meinungsverschiedenheit hat es da sicherlich schon gegeben. Vor allem zwischen Sabine, also ihrer Mutter, und Annegrit.«

»Danke, Frau Olesen. Sie haben uns sehr geholfen.«

Frau Olesen nickte. Man sah ihr an, dass sie sich nicht ganz sicher war, ob sie nicht vielleicht etwas zu viel erzählt hatte.

In dem Haus neben den Olesens lebte ein alleinstehender Mann, der die meiste Zeit über auf Montage war und nicht viel von der Nachbarschaft mitzubekommen schien, sodass Maries Gespräch mit ihm schnell beendet war, ohne dass sich etwas Neues ergeben hatte.

Döbele erfuhr von einer der Nachbarinnen, dass es vor einiger Zeit eine Auseinandersetzung im Garten der Linds gegeben hatte. Die Nachbarin, deren Grundstück direkt an das der Linds grenzte, berichtete ihm, dass eine Blondine, deren Beschreibung auf Mia passte, sich lautstark mit Annegrit gestritten habe. Daran, wann genau das war und worum es dabei gegangen war, konnte sie sich jedoch leider nicht mehr erinnern.

Nachdem sie mit der Befragung der Nachbarn durch waren, nahm Marie Döbele mit zu Annegrits Mutter. Als Marie auf die Klingel drückte, erklang wieder der Dreiklang-Gong. Kurz darauf ging die Tür auf und Frau Lind stand bekleidet mit einem hellblauen Jogginganzug und den dazu passenden Turnschuhen in der Haustür.

»Frau Lind. Entschuldigen Sie bitte die Störung. Dürfen wir kurz reinkommen?«

Sabine Lind nickte.

»Kommen Sie bitte. Wir gehen in die Küche. Bitte setzen Sie sich doch.« Sie deutete auf die Stühle, die in akkuratem Abstand zueinander, um den Küchentisch herumstanden.

»Wollten sie gerade laufen gehen, oder so etwas?« Döbele deutete auf Frau Linds Kleidung.

»Ich wollte ins Fitnessstudio. Mich ein wenig ablenken. Außerdem brauche ich das – zum Ausgleich gewissermaßen.«

»Verstehe«, hob Marie an und dachte dabei an das, was Frau Olesen und Frau Scholz ihr soeben über Frau Lind erzählt hatten. »Es dauert auch nicht lange. Frau Lind, wir haben uns gerade mit ein paar ihrer Nachbarn unterhalten. Eine Nachbarin hat uns erzählt, dass Johann Jansen hier des Öfteren aufgetaucht ist und von ihrem Grundstück aus ihr Haus beobachtet hat. Fällt Ihnen dazu vielleicht etwas ein?«

»Der Johann? Nein, davon habe ich nichts mitbekommen. Sind Sie sicher? Der ist doch eigentlich ein ganz netter Junge. War eine Zeit lang immer wieder mal bei Annegrit zu Besuch – sie sind ja im selben Alter – und hat auch seinem Vater ab und an geholfen. Der ist Gärtner und kümmert sich gelegentlich um unseren Garten. Ist sonst ein bisschen viel für uns das Ganze.«

»Wussten Sie davon, dass Ihre Tochter für eine Weile mit ihm zusammen war?«

»Mit Johann? Nein. Ehrlich gesagt. Davon haben wir nichts mitbekommen. In letzter Zeit … Also in der letzten Zeit war Annegrit uns gegenüber recht verschlossen. Leider. Wir haben uns immer wieder gefragt, woran das liegen könnte. Letzten Endes haben wir es ehrlich gesagt auf die Pubertät geschoben. Da werden die ja alle irgendwie ein bisschen seltsam, oder?«

Marie zuckte mit den Schultern und auch Döbele konnte dazu nichts Konstruktives beisteuern.

»Und von der Beziehung ihrer Tochter mit Mia, da wussten Sie auch nichts?«

»Wie bitte? Welche Beziehung? Annegrit war doch nicht … Sie wissen schon ... Oder etwa doch?« Sabine Lind sah Hilfe suchend von einem zum anderen.

»Nun ja, soweit wir wissen, verband die beiden wohl eine sogenannte On-off-Beziehung. Zuletzt stand die Beziehung aber wohl gerade wieder auf off.«

Döbele war aufgestanden, um Frau Lind ein Glas Wasser zu besorgen.

Mit zittrigen Händen griff sie nach dem Glas. »Davon wusste ich nichts. Kann ich mir auch irgendwie gar nicht richtig vorstellen bei der Annegrit …«

»Okay … Frau Lind. Tut uns leid, wenn unsere Fragen für sie etwas … unangenehm sind. Aber es muss leider sein, damit wir in dem Fall weiterkommen. Uns würde daher auch noch interessieren, wie viel Freizeit Annegrit überhaupt so hatte, die sie mit ihren Freunden verbringen konnte. Wie wir ja wissen, hat sie beinahe täglich trainiert und dazu dann ja auch noch die Schule.«

»Trotzdem hatte sie genug Zeit, um sich zu verabreden. Wir haben sie da zu nichts gezwungen, falls Sie das andeuten wollen. Und offensichtlich hatte sie ja auch genügend Zeit, um Beziehungen zu führen, von denen wir nichts wussten. Mit wem auch immer …« Die Stimme von Frau Lind klang bitter.

»Alles klar, Frau Lind. Natürlich wollen wir Ihnen und Ihrem Lebensgefährten gar nichts unterstellen. Wir versuchen nur, uns ein Bild von Annegrits Lebensumständen zu machen. Tut uns wie gesagt leid, wenn die Fragen, die wir Ihnen stellen, nicht immer angenehm für Sie sind und eventuell einige für Sie unangenehme Dinge zur Sprache kommen. Für heute war es das dann aber auch. Wenn Ihnen noch etwas Wichtiges einfällt, dann melden Sie sich doch bitte bei uns, ja?«

Frau Lind nickte stumm. »Ach. Ich habe doch noch eine Frage.«

»Ja, bitte?«, Marie, die schon in Richtung Haustür unterwegs gewesen war, drehte sich nochmals zu Sabine Lind um.

»Haben Sie schon mit unserem Hausarzt gesprochen? Hat er Annegrit das Ritalin vielleicht doch verschrieben? Vielleicht auch ohne, dass wir davon wussten?«

»Nein, Frau Lind. Das hat er nicht. Das haben wir bereits recherchiert.«

»Okay. Danke.« Sabine Lind schien jetzt mühsam die Tränen zurückzuhalten.

Marie und Döbele wandten sich zum Gehen.

Zurück im Auto atmete Döbele pfeifend aus. »Haben die denn wirklich gar nichts mitgeschnitten?«

»Scheint so.« Marie ließ den Motor an.

»Kann ich mir irgendwie gar nicht vorstellen. Sie etwa?«

»Nein. Nicht wirklich. Allerdings haben weder Sie noch ich Kinder. Von daher …«

»Richtig …«

Marie beschloss, mit Eddie eine kleine Mittagsrunde zu drehen und setzte Döbele beim Gasthaus im Ort ab. Er wollte dort zu Mittag essen. Danach waren sie auf dem Kommissariat mit Mia verabredet. Marie war gespannt, ob sie auch tatsächlich kommen würde.

Mia

Mia erschien tatsächlich und das sogar pünktlich. Sie kam jedoch nicht allein. An ihrer Seite befand sich eine Frau mittleren Alters, die für Maries Geschmack etwas zu leger gekleidet war.

»Irina Nowack. Ich bin Mias Mutter«, stellte sie sich Ihnen ungefragt vor. In der Art, wie sie das sagte, lag eine Mischung aus Trotz und Arroganz.

Frau Nowack trug zerrissene Jeans, ebenso wie ihre Tochter, dazu ein Tanktop mit einem karierten Hemd darüber, das sie vor dem Bauch verknotet hatte, und eine Sonnenbrille, die sie sich in ihre feuerrot gefärbten Haare geschoben hatte.

Sie war auf den ersten Blick recht attraktiv und sah vermutlich jünger aus, als sie es tatsächlich war. Gleichzeitig wirkte sie dabei wie jemand, mit dem man sich besser nicht anlegen sollte. In Marie löste die Frau irgendetwas aus, sie konnte es aber nicht genau benennen. Vielleicht erinnerte sie sie aber auch einfach an ihre ehemalige Klientel in Hamburg.

Die Kommissarin versuchte sich ihre Überraschung über Mias Begleitung nicht anmerken zu lassen und bat die beiden in ihr Büro. Döbele stellte zwei Tassen vor ihnen ab. Frau Nowack schob die ihre jedoch sofort zur Seite.

Noch bevor sie alle saßen, legte Irina Nowack auch schon los. »Wieso musste meine Tochter herkommen? Sie haben doch schon mit ihr gesprochen.«

»Ja, genau. Wir haben aber noch ein paar weitere Fragen.« Döbele hielt gebührenden Sicherheitsabstand zu der ganz offensichtlich übel gelaunten Frau und schob seinen Stuhl noch ein kleines Stück weiter zurück.

Marie beschloss, vorerst lieber stehenzubleiben.

»Na dann fragen Sie mal. Mal sehen, ob meine Tochter Ihre Fragen auch beantwortet«, gab Frau Nowack patzig zurück.

»Also zunächst einmal: Ihre Tochter ist heute hier als Zeugin geladen worden. Nicht als Beschuldigte. Nur um das direkt mal klarzustellen. Sie hat also nichts zu befürchten, wenn sie uns ein paar Fragen beantwortet. Natürlich muss sie auch nichts erzählen, was ihr irgendwie heikel erscheint oder sie sogar belasten könnte. Aber ich denke, dass es auch in Mias Interesse ist, wenn wir herausfinden, was genau mit Annegrit geschehen ist. Wenn Sie also nichts dagegen haben …« Marie bemühte sich um einen beschwichtigenden, aber gleichzeitig selbstbewussten Tonfall, der ausdrücken sollte, dass sie sich von Frau Nowacks Auftreten keineswegs einschüchtern oder provozieren ließ.

»Na dann machen Sie mal.«

»Sehr gerne. Vielen Dank.« Marie warf einen Blick auf Mia, die vor sich hinstarrte, ohne Marie, Döbele oder ihre Mutter anzusehen.

»Zunächst einmal Mia, du heißt Beck mit Nachnamen. Das heißt, deine Eltern sind geschieden?«

Mia nickte.

»Und du wohnst bei deinem Vater, oder? Jedenfalls bist du da gemeldet.«

»Fifty-fifty. Also ungefähr. Meine Eltern wohnen ja auch nicht so weit voneinander entfernt. Am Wochenende bin ich aber meistens bei meiner Mutter, weil mein Vater da oft unterwegs ist oder arbeitet.«

Marie warf einen Blick auf Frau Nowack, die nach der Scheidung wieder ihren Geburtsnamen angenommen hatte. Sie sagte nichts und ihre ausdruckslose Mimik verriet ebenfalls nichts über ihre Emotionen in dieser Sache.

»Okay, gut. Also Mia … Wir haben ja schon einmal kurz gesprochen. Jetzt habe ich von verschiedenen Seiten mitbekommen, dass du für Annegrit eine wichtige Bezugsperson gewesen bist. Vielleicht magst du uns dazu etwas mehr erzählen?«

Mia sah kurz zu ihrer Mutter hinüber.

»Also ich hab die Anne vor etwa einem halben Jahr kennengelernt. Wir waren beide auf denselben Geburtstag eingeladen. Wir haben uns irgendwie direkt gut verstanden und geredet und so. Dann haben wir die Nummern ausgetauscht und uns halt ab und an getroffen. Das war auch eigentlich alles gut, bis es irgendwann halt mehr wurde als nur Freundschaft.«

Marie warf ebenso wie Döbele einen vorsichtigen Blick auf Frau Nowack, nahm aber keine besondere Reaktion wahr, sodass Marie davon ausging, dass diese darüber Bescheid wusste und offenbar kein Problem damit hatte.

»Okay. Und wie ging es dann weiter? Wurdet ihr offiziell ein Paar?«

»Hölle nein!« Mia winkte entschieden ab. »Annegrit wollte auf gar keinen Fall, dass das jemand mitbekommt. Wobei ... ich glaube, der Johann, der hat etwas geahnt.« Mia warf erneut einen Blick auf ihre Mutter, den Marie nicht so ganz deuten konnte. Dann fuhr sie fort: »Und vielleicht noch ihre beste Freundin, Bea. Die war auch ein bisschen eifersüchtig, glaube ich, weil sie halt nicht mehr die Nummer eins für Anne war. Aber die Eltern, die durften das auf gar keinen Fall erfahren und auch der Verein nicht.«

»Du meinst den Sportverein?«

»Ja genau.«

»Also habt ihr nach außen hin so getan, als wäret ihr einfach nur befreundet?«

»Genau. Annegrit meinte immer, wir sollten das voll auf Lock sehen.« Ein Blick in die Runde verriet Mia, dass der Begriff nicht allen Anwesenden geläufig zu sein schien. »Also locker halt«, fügte sie daher hinzu. »Aber das war halt ganz schön anstrengend und ich wollte das jetzt auch nicht mehr ewig so mitmachen. Die ganze Heimlichtuerei und so war auf die Dauer halt auch irgendwie ziemlich weird.«

»Kann ich gut verstehen.« Döbele räusperte sich.

»Und was geschah dann? Gab es Streit oder so?«

Frau Beck warf ihrer Tochter einen warnenden Blick zu, die daraufhin kurz innehielt, bevor sie antwortete.

»Also, nicht direkt … Das heißt doch ...« Es war offensichtlich, dass sie mit sich selber rang. »Wir haben uns einmal ziemlich hart gestritten. Bei Anne zu Hause und dann bin ich gegangen. Danach haben wir uns aber dann doch noch ein paar Mal getroffen und so. Wir haben aber halt gemerkt, dass es vielleicht doch nicht so richtig passt.«

»Bis wann habt ihr euch denn noch getroffen?«

»Bis vor etwa zwei Wochen ungefähr. Und dann noch mal am Samstag. Aber nur kurz und durch Zufall. Bea war auch dabei. Wir haben da auch nur kurz geredet. Wenn Bea dabei war, war das auch immer irgendwie weird.«

»Warum weird?«

»Keine Ahnung. Ich denke, wie schon gesagt, sie war eifersüchtig und irgendwie komisch halt.«

»Eifersüchtig auf dich?«

»Ja. Halt eben darauf, dass Anne und ich Zeit miteinander verbringen.«

»Und von wem ging die Initiative aus, würdest du sagen? Eher von dir oder von Annegrit?«

»Mal von mir und mal von ihr, denke ich.«

»Okay. Wir haben bei Annegrit Methylphenidat im Blut gefunden, schon mal gehört?«

Mia sah irritiert aus.

»Das ist zum Beispiel in Ritalin enthalten. Das sagt dir vermutlich eher etwas. Hast du davon gewusst?«

»Sheesh. Nein. Keine Ahnung.«

»Wieso sollte sie davon wissen?« Jetzt brachte sich Mias Mutter wieder ein, die die Unterhaltung mit angespanntem Blick verfolgte.

»Das war nur eine Frage, Frau Nowack. Alles in Ordnung.«

»Okay. Du wusstest also nichts davon. Ich muss dir da noch eine Frage stellen, einfach der Vollständigkeit halber. Wo warst du denn an dem Abend, als Annegrit starb?«

Anstelle von Mia antwortete jetzt ihre Mutter.

»Sie war zu Hause. Bei mir. Wir haben zusammen Pizza gemacht und danach ferngesehen.«

»Pizza. Aha. Stimmt das so, Mia?«

Mia nickte stumm.

»Verstehe. Du sagtest gerade, dass du den Eindruck hattest, Bea sei eifersüchtig gewesen. Hat Annegrit da mal was erwähnt?«

»Nicht so direkt. Aber sie meinte halt ein paar Mal, dass Bea sauer sei, weil sie ihr ab und an abgesagt und sich lieber mit mir getroffen hat. Und einmal, da sind wir ihr begegnet. Der Blick, den sie uns da zugeworfen hat, wow ...«

»Ja?«

»Also, wenn Blicke töten könnten ... Wissen Sie, was ich meine?«

Marie nickte.

Als Mia und ihre Mutter das Revier wieder verlassen hatten, setzte Marie sich mit Döbele und einer weiteren Tasse Kaffee noch einmal zusammen.

»Also, was meinen Sie? Wer sind unsere Hauptverdächtigen?«

Marie trat an das Plexiglasboard, das sie den digitalen Medien deutlich bevorzugte.

Sie sahen sich die Tatortfotos noch einmal genau an.

Es gab Fotos der Toten von allen Seiten. Daneben hatten sie einige Namen geschrieben. Auch das Gruppenbild der Clique hatten sie aufgehängt. Dazu noch ein Foto der Familie Lind/Eberle.

Sie hatten den Namen des leiblichen Vaters von Annegrit notiert und später wieder durchgestrichen.

Darunter standen die Namen Johann Jansen, Mia Beck und Marie schrieb jetzt noch einen weiteren Namen dazu. Beatrice Petersen.

»Wäre ja eine Möglichkeit, oder?«

Döbele zuckte mit den Schultern, hatte jedoch keinerlei Einwände.

Außerdem notierte sie die Alibis von Johann und Mia, die angeblich beide mit ihren Eltern zusammen gewesen waren.

Jetzt war es für die Kommissare natürlich interessant zu erfahren, was Bea zu dem Zeitpunkt gemacht hatte.

Fragen

Marie beschloss, gemeinsam mit Döbele am späten Nachmittag bei Bea vorbeizufahren. Es war, wie Marie im Laufe der Jahre festgestellt hatte, mitunter recht aufschlussreich zu sehen, wie ihre Klientel so wohnte.

Sie schickte Bea daher eine Nachricht auf ihr Handy und hoffte, dass sie Zeit haben würde. Bea antwortete ihr bereits kurz darauf. Morgen stand eine wichtige Klausur an, so dass das Mädchen erst am nächsten Tag Zeit für ein Gespräch hatte.

Marie schlug ihr einen Termin für den Nachmittag des nächsten Tages vor, den Bea daraufhin bestätigte.

Als nächstes würde Marie beim Sportverein vorbeifahren. Sie wollte sich dort umhören, um herauszufinden, ob jemand etwas von Annegrits Ritalinkonsum mitbekommen hatte.

Wie sich für Marie wenig überraschend herausstellte, schwörten sowohl der Trainer, ein ehrgeizig wirkender Mittdreißiger als auch der Co-Trainer, der ein wenig jünger zu sein schien als sein Kollege, nichts dergleichen bemerkt zu haben.

Auch die Mädchen, die sich heute zum Training eingefunden hatten, erklärten, nichts davon gewusst zu haben.

Also eine erneute Sackgasse.

Die Kollegen, die sich Annegrits Zimmer noch einmal genauer angesehen hatten, hatten in der Zwischenzeit eine leere Blisterpackung Ritalin in Annegrits Mülleimer gefunden, die ihren Verdacht zwar bestätigte, ihnen aber leider keinerlei Hinweise darüber liefern konnte, woher die Tabletten stammten. Kein Rezept, keine Notizen darüber, nichts.

Um sich Johanns Umfeld genauer anzusehen und sein Alibi zu überprüfen, beschloss Marie, dessen Vater aufzusuchen. Da Jansen Senior arbeiten musste und daher erst am frühen Abend Zeit für sie haben würde, plante Sie allein hinzufahren. Dass Döbele sie begleitete, hatte sie abgelehnt. Zum einen hatte er ihr schon vor Tagen mitgeteilt, dass er am Nachmittag nach Husum fahren wollte, um seine Eltern zu besuchen – irgendein Verwandter aus England war auf der Durchreise und beabsichtigte an dem Tag vorbeizuschauen – zum anderen fand sie, dass ein Gespräch ohne ihn sicherlich auch vollkommen in Ordnung wäre. Sollte er ruhig den geplanten Verwandtenbesuch wahrnehmen. Aus seinen Erzählungen wusste sie schließlich, wie wichtig ihm die Familie war.

Sie rief ihre Nachbarin Tiffy an und erkundigte sich, ob sie heute Abend die Gassirunde mit Eddy übernehmen und ihn vielleicht gleich schon zu sich holen könnte. Er wäre sonst zu lange allein. Zum Glück hatte Tiffy Zeit und übernahm diese Aufgabe gerne.

Erneut ging Marie durch den Kopf, wie dankbar sie ihr dafür war und was sie wohl ohne ihre Nachbarin, die sich regelmäßig und mit viel Hingabe um ihren Hund kümmerte, machen würde.

Als sie noch mit Basti zusammengewohnt hatte, war das alles kein Problem gewesen. Sie hatten ihre Dienste so aufeinander abgestimmt, dass er nie allzu lang allein bleiben musste. Als Basti dann ausgezogen war, hatte sich die Frage, wer den Hund übernehmen würde, gar nicht erst gestellt. Lucy hatte eine Tierhaarallergie. Immerhin hatte es so auch keinen Ärger oder Diskussionen darüber gegeben, wer von ihnen den Hund bekommen würde und letztlich war Marie froh, zumindest Eddy weiterhin an ihrer Seite zu haben, auch wenn sie manchmal doch ein schlechtes Gewissen plagte, weil sie sich nicht immer selbst um den Rüden kümmern konnte.

Jansen Senior

Das Haus der Jansens erwies sich als eines der roten Back-steinreihenhäuser, die ganz in der Nähe des Hafens oder besser gesagt, der beiden Häfen lagen.

Hier konnte man den fangfrischen Fisch quasi bereits riechen und manches Gebäude verriet, dass Salzwasser eben nach einer Weile seine Spuren hinterlässt.

Das Haus der Familie hatte immerhin einen äußerst gepflegten Vorgarten, so wie es sich für das Grundstück eines Gärtners wohl auch gehörte.

Neben der weiß getünchten Haustür stand eine Holzbank, ebenfalls weiß gestrichen. Rechts und links davon wuchsen Hortensien als dichte pinkfarbene Rispen.

Wenn man auf der Bank Platz nahm, fiel der Blick auf ein kleines buntes Blumenmeer. Direkt daneben standen einige Wildkräuter, die ihren einladenden Duft verströmten. Lavendel stand in Töpfen auf den beiden Fensterbänken seitlich der Tür. Es sah ganz nach einem einladenden Plätzchen aus.

Marie ging auf die Haustür zu und suchte vergeblich nach einer Klingel. Stattdessen benutzte sie den messingfarbenen Türklopfer, der in der Mitte der Tür hing.

Kurz darauf wurde die Tür für sie geöffnet.

»Guten Abend, Herr Jansen. Marie Eisele. Darf ich reinkommen?«

»Guten Abend. Bitte.« Wolfgang Jansen machte einen Schritt zur Seite, um die Kommissarin vorbeizulassen. Marie betrat einen düster wirkenden Flur, den sie so, nachdem sie den einladenden Garten gesehen hatte, nicht erwartet hatte.

»Die Glühbirne ist kaputt. Ich mache das später«, entschuldigte sich Herr Jansen, der mit schlurfenden Schritten voranging.

Marie nickte. Sie folgte dem etwas nervös wirkenden Mann in eine Küche, die zwar einfach ausgestattet war, jedoch sauber und aufgeräumt wirkte.

Während sie sich umsah, fiel Marie auf, dass jegliche Deko fehlte, die vielleicht für etwas Gemütlichkeit hätte sorgen können. Jansens Hingabe, so ging ihr durch den Kopf, galt wohl gänzlich der Gestaltung des Gartens.

»Bitte. Setzen Sie sich doch.« Jansen wies auf einen Stuhl, auf dem Marie Platz nahm.

»Kaffee? Wasser? Oder vielleicht etwas anderes?«

»Nein. Danke.«

Auch Wolfgang Jansen setzte sich.

»Herr Jansen. Danke, dass Sie so schnell Zeit für mich gefunden haben.«

Er nickte.

»Ich habe ein paar Fragen an Sie. Es geht um ihren Sohn Johann und den Tod von Annegrit Lind, wie ich Ihnen am Telefon ja bereits gesagt hatte.«

Wolfgang Jansen nickte wieder. Marie betrachtete einen Moment lang den Mann, der da vor ihr saß. Ihr fielen zunächst seine Hände auf, denen man ansah, dass er damit jeden Tag hart arbeitete. Jansen selbst war groß und kräftig. Er hatte einen kleinen Bauchansatz. Ansonsten schien er jedoch recht gut in Form zu sein. Marie dachte, dass er vermutlich sogar hätte attraktiv sein können, wenn er nur ein klein wenig mehr aus sich machen würde.

Das dunkle, grau melierte Haar trug er kurz. Allerdings war offensichtlich, dass hier bald mal wieder ein Friseurbesuch anstand. Seine Kleidung wirkte ein wenig in die Jahre gekommen. Unter seinen Augen lagen dunkle Schatten und sein Gesicht wies einige tiefe Falten auf, die ihn ein wenig älter erscheinen ließen, als er tatsächlich war. Sie hatte vorhin nachgesehen und festgestellt, dass er vor einem Monat seinen achtundvierzigsten Geburtstag hinter sich gebracht hatte.

Marie räusperte sich.

»Herr Jansen, wo war Johann, vor drei Tagen, also an dem Abend an dem Annegrit Lind starb?«

Auch Jansen räusperte sich, ehe er antwortete.

»Johann war hier. Bei mir. Wir haben ferngesehen.«

»Ja, das hat Johann auch gesagt.«

»Dann ist es ja gut«, entgegnete ihr Jansen mit festem Blick.

Marie fiel auf, wie blau Jansens Augen waren. Etwas abgrundtief Trauriges, beinahe schon Resigniertes lag darin und die Farbe seiner Augen schien dies noch zu verstärken. Sie musste dabei kurz an die auffallend grünen Augen von Johann denken, die Jansens Sohn demnach seiner Mutter zu verdanken hatte.

»Darf ich Ihnen vielleicht noch ein paar persönliche Fragen stellen?«

Jansen sah Marie zögernd an, nickte dann aber.

»Es geht um Ihre Ex-Frau. Wie lange waren Sie verheiratet?«

Wolfgang Jansen schluckte hörbar. »Beinahe zehn Jahre.«

»Und dann?«

»Dann ist Tina gegangen. Einfach so.«

»Einfach so?«

»Einfach so.«

»Okay. Und ihre Söhne? Wie alt waren die beiden da?«

»Patrick war zehn. Zwei Tage danach hatte er Geburtstag. Und Johann war vier.« Er brach ab.

»Das setzt ihnen immer noch sehr zu, wie ich sehe?«

»Natürlich tut es das. Ich meine, wer tut so etwas? Welche Mutter tut so etwas? Können sie mir das sagen?« Jansen sah Marie verzweifelt an. Einige Spucketropfen liefen ihm über das Kinn, die er rasch mit der bloßen Hand wegwischte.

Marie hatte nicht damit gerechnet, dass seine Emotionen in dieser Sache noch immer so stark waren.

Seit Frau Jansen gegangen war, waren mittlerweile zwölf Jahre vergangen, was eine verdammt lange Zeit war. Offenbar war es ihm in all den Jahren jedoch nicht gelungen, eine neue Beziehung zu jemand anderem aufzubauen.

»Ich muss Sie leider noch etwas fragen.« Sie hob entschuldigend die Hände, ließ sie dann aber rasch wieder sinken. »Warum ist sie denn damals weg?«

Jansen sah Marie mit einem Mal intensiv an, jegliche Trauer schien in dem Moment wie fortgewischt und es lag blanker Hass darin. »Wegen dieser dummen Schlampe.« Er spie den Satz förmlich aus. »Sandra. So hieß sie, die dumme Kuh. Ist hier plötzlich aufgetaucht. Aus der großen Stadt ist die gekommen. Hat ihr den Kopf verdreht. Damals.«

Marie war überrascht. Hatte sie das richtig verstanden? Frau Jansen hatte ihren Mann und ihre beiden Kinder wegen einer anderen Frau verlassen?

»Wenn es wenigstens ein anderer Kerl gewesen wäre. Aber eine Frau? Die hat mich doch verarscht. All die Jahre. Verstehen Sie? Komplett verarscht hat die mich!« Jetzt sammelten sich Tränen in Jansens Augen und begannen, ihm das unrasierte Gesicht hinabzurollen. Er war jetzt aufgestanden und trat ans Waschbecken, nahm ein Glas aus dem Schrank darüber und drehte den Wasserhahn auf. Dann nahm er einige große Schlucke, bevor er sich wieder zu Marie umdrehte.

»Das ist doch alles nicht normal so was. Solche Menschen sind nicht normal. Gott würde das niemals gutheißen. Würde er garantiert nicht.«

»Gott? Was hat jetzt der damit zu tun?«, wunderte sich Marie.

»Sie sind nicht gläubig, oder?«

Marie schüttelte vorsichtig den Kopf.

»Dachte ich mir schon. Gott hat damals Mann und Frau erschaffen, auf dass sie sich vermehren sollten. Das steht ja so auch in der Heiligen Schrift. Von Mann und Mann oder Frau und Frau war da keine Rede. Abartig ist das. Total abartig.«

Die Kommissarin verkniff sich jeden Kommentar. Auch wenn sie dazu gerne etwas gesagt hätte. Dann hätte Jansen aber garantiert kein Wort mehr mit ihr gesprochen. Und sie wollte mehr Informationen.

»Herr Jansen«, Marie räusperte sich, »wie geht es denn ihren Söhnen damit, dass ihre Mutter die Familie verlassen hat?«

»Wie soll es ihnen damit schon gehen? Mein Ältester, der Patrick, der steckt das ganz gut weg mittlerweile. Hat am Anfang aber jeden Tag nach seiner Mutter gefragt. Jeden verdammten Tag.« Bei der Erinnerung daran liefen Jansen erneut einige Tränen die Wangen hinab.

»Und der Johann, wie ist es dem ergangen?«

»Der Johann. Der ist zu sensibel, der Junge. Viel zu sensibel. Wie seine Mutter. Die war auch so. Der hat das nie so richtig verpackt gekriegt. Redet aber nicht drüber. Der hat sich immer mehr zurückgezogen. Damals schon. Und jetzt komme ich kaum noch an ihn ran.«

»Aber er hilft ihnen manchmal bei der Arbeit, oder?«

»Ja, das schon. Das sind so Augenblicke, wo es zumindest in dem Moment mal so was wie eine Verbindung gibt. Aber sonst ...«

»Was macht er denn sonst so?«

»Keine Ahnung. Das erzählt er mir ja nicht. Ist fast immer unterwegs. Aber an dem Abend, an dem das Mädchen gestorben ist, da war er hier bei mir.«

»Ja, das sagten sie schon. Und wo war ihr anderer Sohn, der Patrick da?«

»Der Patrick war irgendwo unterwegs. Mit Freunden.«

»Okay. Danke, dass sie mir das alles erzählt haben. Dann lasse ich Sie jetzt erst einmal wieder in Ruhe.«

Jansen nickte und schnäuzte sich geräuschvoll die Nase.

Marie verließ die Wohnung mit einem bedrückenden Gefühl in der Magengegend. Hier hatte das Glück, wie ihr schien, schon lange nicht mehr vorbeigeschaut.

Freitag

Neuigkeiten

Am nächsten Morgen saß Marie bereits um halb acht an ihrem Schreibtisch und dachte nach. Sie war jedoch nicht die Einzige, die heute so früh ihren Dienst angetreten hatte. Auch die übrigen Kollegen waren schon da und arbeiteten mit viel Einsatz an dem Fall.

Mit Döbele war sie noch einmal einige ihrer Theorien durchgegangen. Was, so hatten sie nach dem gestrigen Gespräch mit Johanns Vater gemeinsam überlegt, wenn es doch Johann war, der Annegrit umgebracht hatte? Vielleicht hatte er es nicht aushalten können, seine Freundin ebenfalls an eine andere Frau zu verlieren, so wie das damals mit der Mutter gelaufen war? Oder war dieser Gedanke doch zu abwegig? Zumindest aber konnte sich Marie nach den Schilderungen zu dem plötzlichen Verschwinden der Mutter gut vorstellen, dass die Trennung von Annegrit ihm womöglich doch schwerer fiel, als er zugegeben hatte. Vielleicht war er ihr deshalb immer wieder gefolgt und hatte sie beobachtet? Bei seiner Mutter damals war er noch zu klein gewesen, um etwas ausrichten zu können. Mittlerweile jedoch war er selbst in der Lage, sich um seine Angelegenheiten und Beziehungen zu kümmern und tat dies womöglich auf seine eigene Weise.

»Marie?« Manfred Schmidt stand plötzlich in der Tür zu Maries Büro, ohne dass Marie ihn gehört hatte. Er sah aus, als hätte er im Lotto gewonnen und grinste über das ganze sonnengebräunte Gesicht.

»Es gibt gute Neuigkeiten.«

Marie sah von ihrem Bildschirm auf.

»Wir haben das Handy von der Annegrit endlich auslesen können. Und wir sind natürlich auch noch an ihrem iPad dran. Das dauert sicher auch nicht mehr lange.«

Das waren in der Tat gute Neuigkeiten.

»Und?« Marie wartete. »Dann lass mal hören.«

»Also an dem besagten Abend, da hat sie noch eine Nachricht über – wie heißt das noch? Ach, ist ja auch egal, also eine Nachricht geschrieben und auch abgeschickt.«

»Jetzt mach es nicht so spannend. An wen ging die Nachricht und was stand darin?«

»Die Nachricht ging an Mia Beck und darin stand, dass Annegrit sie gerne treffen wollte, um mit ihr zu reden und dass sie sie vermissen würde.«

»Interessant. Und hat Mia etwas erwidert?«

»Nein. Sieht nicht so aus. Auch kein Anruf oder so. Leider«, fügte er mit einem Schulterzucken hinzu.

»In Ordnung. Ich danke dir, Manni. Gute Arbeit.«

»Wir schauen uns jetzt noch den Rest an. Vermutlich möchtest du dir auch noch selbst einen Eindruck verschaffen?«

»Gerne. Allerdings etwas später.«

Marie loggte sich aus ihrem Account aus und stand auf.

»Döbele! Wir müssen nochmal los.«

Nachricht

Marie hatte sich nicht die Mühe gemacht, Mia Beck vorab anzurufen, um sie über ihren Besuch zu informieren. Sie fuhr mit Döbele an ihrer Seite direkt zum Treffpunkt der Clique nach Großgerstrow.

Dort trafen sie sie wieder an ihrem üblichen Treffpunkt an. Auch Mia war zum Glück dabei. Den Wagen parkte sie einige Meter entfernt.

»Yo! Was wollen Sie jetzt schon wieder?« Ein großes, kräftig gebautes Mädchen mit zwei Nasenpiercings und einem Tattoo auf der freiliegenden Wade war aufgestanden. Die anderen saßen auf der Mauer, die um den gesamten Marktplatz herum verlief und sahen abwartend zu ihnen hinüber.

»Ich würde gerne noch einmal mit Mia sprechen und mein Kollege hier, der würde sich gerne auch einmal mit euch unterhalten.«

»Und was, wenn Mia das nicht will?«

»Dann soll sie uns das bitte selbst sagen.« Marie sah abwartend zu Mia hinüber. Sie schien einen Moment lang zu überlegen, stand dann aber doch auf und kam auf die beiden Beamten zu.

»Ist schon okay. Alles, was hilft.«

»Lass uns kurz ein paar Meter gehen, Mia, ja?«

Mia kam mit, ohne sich darüber zu beschweren und ging neben Marie her, bis diese stehen blieb. Mit einem kurzen Blick zu ihrem Kollegen stellte Marie fest, dass der sich bereits im Gespräch mit den übrigen Mädchen befand. Zum Glück ließen sie sich scheinbar tatsächlich auf ihn ein, sodass Marie sich ganz auf ihr Gespräch mit Mia konzentrieren konnte.

»Mia, wir haben eben erfahren, dass Annegrit dir kurz vor ihrem Tod noch eine Nachricht geschickt hat. Kannst du uns dazu vielleicht etwas sagen?«

Mia wurde bleich, fasste sich dann aber rasch wieder.

»Ja, das stimmt. Ich habe die Nachricht aber erst gesehen, als ich mein Handy wieder hatte.«

»Als du dein Handy wieder hattest? Was meinst du damit?«

»Ich weiß nicht, ob sie mir das jetzt glauben oder nicht … aber es war weg. Geklaut oder verloren, keine Ahnung. Schon den Tag davor, also am Samstag. Ich konnte es einfach nirgends finden.«

»Aber du hast es wieder zurückbekommen?«

»Ja, hab ich. Das war irgendwie auch komisch. Am Montagabend, also nach Annes Tod, lag es plötzlich wieder in meiner Tasche. Ich war mir sicher, dass es da vorher nicht war. Ich hatte ja alles abgesucht und als ich darauf angerufen hab, habe ich es ja auch nicht klingeln hören.«

»Und, wann hast du die Nachricht gesehen?«

»Direkt. Ich hab natürlich nachgesehen, wer mir alles geschrieben hat.«

»Und als du die Nachricht gelesen hattest, hast du ihr dann geantwortet?«

»Nee, hab ich nicht. Dafür war es ja auch schon zu spät. Außerdem dachte ich, dass es besser wäre, wenn wir uns erst mal nicht mehr sehen. Mir war das zu viel hin und her. Und dann sind Sie ja auch schon hier aufgetaucht und haben gesagt, dass sie…, dass Anne tot ist.« Tränen glitzerten in Mias Augen. Sie wischte sie rasch weg.

»Und warum hast du uns das nicht schon vorher erzählt?«

»Wozu hätte ich Ihnen das erzählen sollen? Was macht das denn für einen Unterschied?«

»Das macht insofern einen Unterschied, als dass, wer auch immer dein Handy an sich genommen hatte, womöglich wusste, wo Annegrit an dem Abend sein würde.«

Mia riss die Augen auf, als sie begriff, was das bedeutete.
»Sheesh! Darüber habe ich noch gar nicht nachgedacht.«
»Das sehe ich. Aber okay. Hattest du deine Tasche die
ganze Zeit bei dir? Wer hätte das Handy denn wieder zurücklegen können, wenn es denn wirklich so war?«
»Ich habe meine Tasche meistens dabei, wenn ich unterwegs bin. Also am Sonntag hatte ich die auch dabei. Mir fällt
gerade aber nichts ein, wie jemand es hätte schaffen können,
da dranzukommen. Ich war ja auch mit niemandem verabredet an dem Tag.«
»Und am Montag?«
»Da war ich zu Hause. Direkt nach der Schule, meine ich.
Ich hatte mich etwas hingelegt und als ich wieder aufgewacht
bin, habe ich in meiner Tasche das Handy gesehen. Ich hatte
eigentlich mein Portemonnaie gesucht, wissen Sie. Und da
lag es da.«
»Und wo war da deine Tasche? In deinem Zimmer?«
»Nee, die stand im Flur. Aber da war ja nur meine Mutter
und die hat das Handy bestimmt nicht genommen.«
»Okay. Vielleicht wäre es doch gut, wenn wir uns noch
einmal in Ruhe unterhalten. Wir melden uns wieder bei dir.
Bis dahin denk bitte noch einmal genau über die Sache mit
dem Handy nach.«
»Okay.« Mia nickte.
Mit leicht schwankenden Schritten ging das Mädchen wieder zurück zu den anderen aus der Gruppe, die sich derweil
noch im Gespräch mit Döbele befanden, was überra-
schenderweise ganz gut zu funktionieren schien.
»So, Ladies ... Herr Döbele, haben Sie alles soweit besprechen können oder brauchen Sie noch etwas Zeit?«
»Nein. Alles gut. Fürs Erste zumindest. Wenn euch noch
etwas einfallen sollte, dann meldet euch bei mir okay?«
Mit einem Lächeln und einem Augenzwinkern verabschiedete sich Jan Döbele von der Mädchengruppe, deren
Mitglieder ihm jetzt sogar zuwinkten und zurücklächelten.

»Was war denn das jetzt bitte?«, wollte Marie irritiert über die Situation wissen, als sie außer Hörweite waren.

»Wieso? Was meinen Sie?«, entgegnete Döbele, nicht ohne eine Spur von Stolz in der Stimme verbergen zu können.

»Na, das. Warum verstehen Sie sich auf einmal so gut mit denen?« Sie nickte in Richtung der Mädchen-Clique.

»Ach, wissen Sie, Frau Eisele, manchmal muss man eben einfach die richtigen Knöpfe drücken.«

»Aha …« Marie warf ihrem Kollegen einen skeptischen Blick zu.

»Und was sind das für Knöpfe?«

»LGBTQ.«

»Hmmm?«

»LGBTQ. Das bedeutet …«

»Ich weiß, was das bedeutet«, fiel Marie Döbele ins Wort. »Aber ich wusste nicht, dass Sie sich damit so gut auskennen.«

»Ein guter Freund von mir, der ist ziemlich viel in der Szene unterwegs und ich bin da manchmal mit …«

»So? Das hätte ich Ihnen ehrlich gesagt gar nicht zugetraut, Döbele. Aber ja, warum eigentlich nicht …«

Marie musste zugeben, dass sie den jungen Kollegen womöglich doch ein wenig falsch eingeschätzt hatte. Dass er eine Offenheit in diese Richtung zeigte, gefiel ihr irgendwie. Vielleicht war er ja doch etwas weltoffener, als sie das bislang angenommen hatte.

»Was haben Sie denn in Erfahrung bringen können, Döbele?«, hakte sie jetzt nach.

»Die Mädchen haben mir erzählt, dass sie Annegrit natürlich kannten, aber sie nicht allzu viel mit ihr zu tun gehabt hätten. Sie wäre nicht so ganz auf ihrer Wellenlänge gewesen, wie man vielleicht schon vermuten kann …«

»Das heißt, Annegrit hatte vor allem mit Mia Kontakt?«

»Genau. Ab und an war sie wohl mal mit bei den Cliquentreffen dabei, aber größtenteils war sie mit Mia allein und ohne die Clique unterwegs.«

»Hatten Sie denn den Eindruck, dass jemand aus der Clique eine direkte Abneigung gegenüber Annegrit hatte?«

»Nein, ich denke nicht. Zumindest fielen da keine Äußerungen in die Richtung.«

»Okay. Und die Alibis? Haben Sie sie danach gefragt?«

»Ja, natürlich. Ich habe alles aufgeschrieben und schicke Ihnen das gleich zu, ok?«

»Ja, das ist gut. Danke, Döbele.«

»Gerne. Scheint aber, dass alle beschäftigt gewesen sind. Also, ich meine, sie haben alle ein Alibi, was wir eventuell natürlich noch überprüfen müssten.«

»Gut.«

Marie berichtete Döbele in aller Kürze von ihrem Gespräch mit Mia.

»Und glauben Sie ihr das?« Döbele sah mit skeptischem Blick zu Marie hinüber.

»Ich bin mir nicht ganz sicher. Für den Moment tendiere ich aber dazu, ihr zu glauben, dass sie ihr Handy nicht hat finden können. Lassen Sie uns mal einen Blick auf die anderen Nachrichten und was Annegrit sonst noch so auf ihrem Handy hat, werfen. Vielleicht sind wir danach schlauer …«

Manni hatte ihnen bereits alles fein säuberlich als Ausdrucke bereitgelegt. Sie gingen die Nachrichten sorgfältig noch einmal durch, fanden aber wenig Überraschendes. Es war wohl, wie Mia gesagt hatte. Die Beziehung zwischen ihr und Annegrit war ein ziemliches Auf und Ab, mit einem abermaligen Ende vor etwa zwei Wochen.

Auch einige Sprachnachrichten zwischen Annegrit und Johann waren darauf. Es sah jedoch so aus, als wären ein paar davon bereits gelöscht worden. Den Kommissaren reichte es um das, was sie bereits darüber gehört hatten, bestätigt zu finden. Annegrit hatte offensichtlich tatsächlich einige Schwierigkeiten damit gehabt, sich für jemanden zu entscheiden.

Es gab zum Thema Johann auch einige Chats mit Bea, die ihr darin immer wieder zu einer Trennung von Johann riet, weil er ihr »einfach nicht guttäte« und schlichtweg ihrer Meinung nach »nicht zu ihr passen würde«.

Die übrigen Gespräche und Chats waren für Marie und Döbele nicht wirklich von Interesse.

Im Wesentlichen ging es dabei um Verabredungen, Termine wegen des Sports und Schulangelegenheiten.

Während sie alles sichteten, überbrachte ihnen Babsi die freudige Nachricht, dass mittlerweile auch die Daten des i-Pads ausgewertet seien.

Doch auch hier ergab sich für die Kommissare nichts Neues. Das iPad hatte Annegrit wohl tatsächlich größtenteils für Schulangelegenheiten genutzt. Außerdem hatte sie ihre Trainingspläne darauf abgelegt.

Leider auch hier keine Einträge zum Thema Ritalin oder etwas anderem, das sie womöglich hätte weiterbringen können.

»Ich denke, Herr Döbele, wir lassen es für heute dann auch gut sein. Sie können gleich Feierabend machen. Morgen machen wir uns dann noch einmal Gedanken darüber, wer das Handy von Mia genommen haben könnte, wenn Mias Behauptung denn tatsächlich so stimmt.«

Döbele setzte ein zufriedenes Grinsen auf und fuhr den Computer herunter.

Zu Hause

Marie fuhr eine halbe Stunde später ebenfalls nach Hause. Sie würde Eddy bei ihrer Nachbarin abholen und sich dann einen entspannten Abend machen, insofern ihre unruhigen Gedanken das zuließen.

Irgendetwas, so ging ihr während ihrer Fahrt nach Hause durch den Kopf, störte sie.

Sie wurde das Gefühl nicht los, dass hinter Annegrits Tod etwas gänzlich anderes steckte. Etwas, das sie bisher überhaupt nicht auf dem Schirm hatten. Nur was?

Zu Hause angekommen, begrüßte Eddy sie schwanzwedelnd, als sie ihn bei Tiffy in Empfang nahm.

Marie war Tiffy dankbar, dass sie bereits eine Runde mit ihm gedreht hatte, sodass Marie sich ein wenig um sich selbst kümmern konnte.

Als sie den Kühlschrank öffnete, stellte sie erleichtert fest, dass sie noch ein paar Flaschen feinsten Flaschenbiers gekühlt vorrätig hatte.

Sie nahm eine der Flaschen heraus und ließ sich damit auf das Sofa im Wohnzimmer fallen. Mit einem lauten Plopp, bei dem sich Eddy kurz irritiert umsah, öffnete sie den Henkelverschluss und nahm einen kräftigen Schluck.

Der erfrischend herbe Geschmack tat ihr gut. Sie schloss für einen Moment die Augen und rieb sich die Schläfen, die schon den ganzen Tag über leise vor sich hin pochten.

Gleich würde es ihr sicher besser gehen.

Dann ging sie den Fall gedanklich noch einmal durch.

Ganz zu Beginn hatten sie kurz in Erwägung gezogen, dass Maries Stiefvater etwas mit Annegrits Tod zu tun haben könnte, hatten das dann jedoch rasch wieder ausgeschlossen. Auch bei der Mutter, Sabine Lind, war kein Motiv zu erkennen. Frau Lind schien große Hoffnungen in die sportlichen Erfolge ihrer Tochter gesetzt zu haben, die diese ganz offensichtlich auch erbracht hatte. Vermutlich hatte sie dabei tatsächlich nichts von den Beziehungen ihrer Tochter mit Mia und Johann geahnt, die dem vielleicht hätten im Weg stehen können, falls sie nicht weiterhin all ihre Energie in den Sport gesteckt hätte. Den leiblichen Vater hatten sie zwar ausfindig machen können, aber er hatte tatsächlich null Komma null Kontakt zu Annegrit und zahlte nicht einmal Unterhalt. Das war dann also auch schnell abgehakt.

Dann hatten sie sich die Clique aus dem Dorf vorgenommen. Die Kids waren seit Grundschul- und teilweise sogar seit Kindergartenzeiten befreundet. Es gab zwar hin und wieder einige Unstimmigkeiten untereinander, aber nichts, das aus ihrer Sicht dazu gereicht hätte, jemanden umbringen zu wollen.

Bea schien aus der Clique den engsten Kontakt zu Annegrit gehabt zu haben. Zumindest hatte sie sich mit ihr auch allein getroffen. Und sie war vermutlich eifersüchtig auf Mia. Hätten sie statt Annegrit Mia tot aufgefunden, wäre Bea sicherlich als Verdächtige für sie interessant gewesen.

Mia selbst war vollkommen überrascht und schien am Boden zerstört zu sein, als sie von Annegrits Tod erfuhr. Ihre Reaktion erschien Marie absolut echt. Bei den Mädels aus der Clique ließ sich zum jetzigen Zeitpunkt ebenfalls kein Motiv erkennen. Alle hatten außerdem ein Alibi, auch wenn man natürlich nicht immer sicher sein konnte, dass dieses auch tatsächlich stimmte, da es ihnen in allen Fällen durch ihre Eltern oder Freunde gegeben wurde.

Was aber war mit Johann? Was hatte er da im Gebüsch vor dem Haus der Becks zu suchen gehabt? Und das, laut der Nachbarin Frau Scholz, nicht nur einmal? Hatte er das Haus beobachtet? Oder nur Annegrit? War er noch in sie verliebt gewesen? Hatte er sich am Ende gar an seine Vergangenheit – die Geschichte mit der Mutter, die die Familie im Stich gelassen hatte – erinnert gefühlt und es nicht ertragen, etwas Ähnliches jetzt selbst erleben zu müssen? Schließlich hatte

Annegrit ihn ja womöglich ebenfalls für jemanden des gleichen Geschlechts verlassen? Aber reichte das als Motiv für einen Mord aus?

Johanns Vater, der ganz offensichtlich noch immer nicht darüber hinweg war, dass seine Frau ihn und die Kinder vor Jahren verlassen hatte, hatte seinem Sohn ein Alibi gegeben. Wie glaubhaft das nun wieder war, blieb allerdings nur schwer zu überprüfen.

Samstag

Nachdenklich

»Was«, so fragte sich Marie, »haben wir nur übersehen? Was sehen wir verdammt nochmal nicht?« Auch Döbeles Gesicht verriet, dass er konzentriert nachdachte. Obwohl Wochenende war, war er ebenfalls im Büro erschienen, was Marie ihm hoch anrechnete. Außer ihnen war gerade nur Manni anwesend, der wie immer den Telefondienst übernommen hatte.

»Wir drehen uns schon wieder im Kreis. Keiner von den Personen auf unserer Liste kommt tatsächlich für den Mord in Frage. Dabei würde es doch so schöne Motive geben«, sinnierte Marie.

»Es muss aber doch jemand gewesen sein, der genau wusste, wo Marie an dem Abend sein würde. Außer natürlich, sie war doch ein zufälliges Opfer. Wovon wir aber nicht ausgehen, richtig?!«, überlegte ihr Kollege.

»So ist es Döbele.«

Sie gingen zum gefühlt tausendsten Mal ihre Notizen durch. Wer war hier dabei, den sie nicht ausreichend auf dem Schirm hatten?

»Also. Dann nochmal … Wir haben beide Cliquen interviewt. Auch mit Johann Jansen und seinem Vater haben wir gesprochen. Jansen Senior mag zwar etwas seltsam sein und seine Einstellungen, die er mir präsentiert hat, machen ihn vermutlich nicht gerade zu einem Menschen, mit dem man gerne seine Zeit verbringt, doch aktuell kann ich da keine Verbindung zu Annegrit erkennen, wenn man mal davon absieht, dass sein Sohn mal kurz ihr zusammen gewesen ist. Was Johann betrifft, so kann sich das Alibi, das sein Vater ihm für den Mordabend gegeben hat, natürlich als falsch erweisen – schließlich will er seinen Sohn doch vermutlich gerne beschützen. Andererseits habe ich das Gefühl, dass das schon so stimmt. Er mag ja nicht unbedingt ein Sympathieträger sein, aber ich hatte den Eindruck, dass er sagt, was er denkt und keine Geschichten erfindet. Und die Sache mit der Mutter ...«

»Eher unwahrscheinlich, dass Johann deshalb seine Ex umbringt, oder? «, ergänzte Döbele.

»Genau. Das denke ich auch. Natürlich wäre auch das möglich ... aber eher ...«

»Eher nein.«

»Genau. Nein.«

»Was die Befragung der Nachbarn der Linds anbelangt, so gab es zwar ein paar interessante Berichte über das Verhältnis von Annegrit insbesondere zu ihrer Mutter und außerdem natürlich die Geschichte mit Johann, der im Gebüsch gesessen und das Haus beobachtet hat ... «

»Und da war ja noch der Streit mit der Blondine, die vermutlich Mia war ... «

»Stimmt. Aber was den Mord anbelangt, so hilft uns das alles jetzt irgendwie auch nicht wirklich weiter ... Genauso wenig wie die Befragungen im Verein.«

»Ja, leider.«

»Wann hat Annegrit die Nachricht an Mia noch mal geschrieben?«

Döbele sah nach. »Das war am Samstagabend um genau 18:21 Uhr.«

»Da war sie mit den anderen am kleinen Wäldchen. Kurz zuvor hatte sie Mia getroffen, was in ihr vermutlich den Impuls ausgelöst hat, sie noch einmal anzuschreiben.«

»Vielleicht hat das ja jemand gesehen und mitgelesen? Oder sie hat es eben jemandem erzählt?«

»Ist denkbar. Und wer hatte am meisten und engsten Kontakt zu ihr?«

»Bea.«

»Richtig. Die gute Bea.« Marie knüllte eine Papierkugel zusammen und warf sie in Richtung Mülleimer.«

»Volltreffer.« Döbele applaudierte und Marie konnte sich ein kleines zufriedenes Grinsen nicht verkneifen.

»Was hat Bea noch mal angegeben, wo sie am Sonntagabend war?«, wollte Marie wissen.

»Moment!« Döbele sah in ihren Unterlagen nach. »Sie hat uns erzählt, dass sie zu dem in Frage kommenden Zeitpunkt mit ihrer Mutter zusammen war. Zuhause.«

»Aha. Die liebe Mama. Aber okay… Was wissen wir alles über die beste Freundin? Sie war im selben Verein wie Annegrit, aber wie es aussieht, nicht ganz so erfolgreich. Sie verbrachte viel Zeit mit ihr. Selbe Clique, selbe Klasse. Dann kam Mia dazu. Bea war vermutlich eifersüchtig. Aber hätte sie dann nicht eher Mia anstelle von Annegrit etwas angetan?« Marie drehte sich auf ihrem Stuhl hin und her, während sie nachdachte.

Döbele stieg in Maries Brainstorming mit ein. »Oder es gibt noch einen anderen Grund. Was, wenn sie auf ihre Erfolge eifersüchtig war? Im Sport meine ich. Und vielleicht hat sie sogar mitbekommen, dass Annegrit da in letzter Zeit leistungstechnisch mit dem Ritalin etwas nachgeholfen hat? Als beste Freundin weiß man so etwas ja vielleicht doch.«

»Klingt ganz logisch«, stimmte Marie ihrem Kollegen zu.

»Ja, finde ich auch.« Döbele nickte zufrieden.

»Oder jemand hat die Info über Annegrits Aufenthalt über das Handy von Mia herausgefunden. Und es war doch jemand ganz anderes, der Annegrit dann doch nicht so toll gefunden hat? Wer konnte das Handy zuerst nehmen und später unauffällig wieder zurücklegen?«

»Das ist eine gute Frage«, meinte Döbele.

»Das ist sogar eine sehr gute Frage. In der Tat.« Marie knetete ihre Hände, was sie manchmal tat, wenn sie ernsthaft nachdachte.

»Ich finde, wir sollten Mia noch einmal befragen. Kommen Sie mit? Vielleicht ist ihr ja mittlerweile etwas dazu eingefallen ...«

»Ja klar.« Döbele war bereits aufgesprungen und griff nach dem Autoschlüssel.

»Danke.« Marie nahm ihm den Schlüssel aus der Hand. »Ich fahre.«

Diesmal hatten sie jedoch kein Glück. Als sie am Treffpunkt der Clique ankamen, war niemand von ihnen zu sehen.

»Verdammt.« Marie schlug mit der Faust aufs Lenkrad, wobei sie aus Versehen die Hupe traf. Döbele neben ihr zuckte kurz zusammen. Eine ältere Dame, die gerade mit ihrem Rollator den Marktplatz überquerte, schüttelte wütend die Faust in ihre Richtung.

»Ja, ja. Ist ja schon gut.« Marie hob beschwichtigend die Hände.

»Und jetzt?« Döbele sah Marie abwartend an.

»Wir fahren zu Mia nach Hause.«

Döbele schluckte. »Zu ihrer Mutter oder zu ihrem Vater?«

»Was für einen Tag haben wir heute noch mal?«

»Samstag.«

»Ach ja, natürlich.« Marie hatte den Umstand, dass Wochenende war, beinahe schon vergessen.

»Dann versuchen wir es erst mal bei ihrer Mutter. Am Wochenende ist sie doch meistens bei ihr, wie sie uns gesagt hat.«

»Ihre Mutter wird sich aber sicherlich nicht darüber freuen, wenn wir da jetzt so einfach auftauchen.«

»Ist mir egal. Ich brauche Antworten.«

Marie wendete geschickt den Wagen und sie fuhren in Richtung der Wohnsiedlung, in der das Mädchen, gemeinsam mit seiner Mutter wohnte, wenn es nicht gerade bei seinem Vater war.

»Was macht die Mutter eigentlich beruflich?«, fragte Döbele in die angespannte Stille hinein.

»Warum fragen Sie?«

»Na ja, vielleicht arbeitet sie ja jetzt und ist dann nicht zu Hause«, entgegnete er hoffnungsvoll.

»Sie arbeitet in einer Arztpraxis und da die ja in der Regel am Wochenende geschlossen haben, stehen die Chancen demnach ganz gut, dass sie zu Hause ist«, entgegnete Marie gelassen.

In der Straße, in die Marie jetzt einbog, standen einige kleinere Einfamilienhäuser. Vor einem Haus mit einem alten Hollandrad davor, auf dem jemand ein paar Blumen arrangiert hatte, hielten sie an.

»Hier ist es, Nummer 22.«

Nachdem sie den Wagen geparkt hatten, sah Marie sich um. Alles hier wirkte sehr gepflegt. Beinahe beschaulich. Irgendwie hatte sie etwas anderes erwartet.

Sie schellten. Eine Minute verging, in der nichts geschah. Marie drückte daher erneut auf die Klingel.

Dann nahmen sie im Inneren des Hauses, durch die Butzenglasscheiben der Haustür hindurch, eine Bewegung wahr. Kurz darauf wurde ihnen geöffnet.

»Frau Nowack, guten Tag. Wir kennen uns ja bereits. Ist Mia vielleicht zu Hause?«

Irina Nowack sah irritiert aus. Marie und auch Döbele registrierten, dass gerade jemand durch die offenstehende Terrassentür im Garten verschwand.

»Ist das Mia gewesen?« Marie deutete in Richtung der Terrasse.

Frau Nowack wirkte nervös, fing sich dann aber rasch wieder. »Nein, das war jemand anderes«, entgegnete sie patzig.

»Und wer, wenn ich fragen darf?« In Marie waren jetzt alle Sinne hellwach.

»Das geht Sie nichts an. Mia ist auch gar nicht hier.«

»Dürften wir dann trotzdem kurz reinkommen?«, drängte Marie.

Marie und auch Döbele wollten jetzt unbedingt einen Blick in den Garten werfen.

»Es passt gerade nicht. Sagen Sie das nächste Mal vorher Bescheid, wenn Sie kommen. Mia ist erst gegen Abend wieder hier. Die ist unterwegs.«

»Sehr schade. Dann richten Sie ihr doch bitte aus, dass sie sich bei uns melden soll. Umgehend. Wir werden aber auch versuchen, sie telefonisch zu erreichen.«

»Okay …« Frau Nowack wippte unruhig mit den Füßen auf und ab.

»Wir gehen dann jetzt. Schönen Tag noch.«

»Ja und viel Spaß noch mit dem Besuch.« Döbele setzte sein charmantestes Lächeln auf, woraufhin ihnen Frau Nowack die Tür vor der Nase zuschlug.

»Das war jetzt aber wirklich mutig von Ihnen, Döbele«, kommentierte Marie Döbeles Bemerkung.

»Naja, man tut eben, was man kann.« Döbele zuckte mit den Schultern und grinste dabei still vor sich hin.

»Nun gut«, Marie zückte ihr Handy und wählte Mias Nummer. Da sie nicht dran ging, hinterließ sie ihr eine Nachricht auf der Mailbox mit der dringenden Bitte um Rückruf.

»Und Döbele … Was glauben Sie, wer das war? Im Garten meine ich.«

Döbele überlegte kurz.

»Ich weiß es nicht. Aber vielleicht können wir ja warten, bis er – oder sie – das Haus wieder verlässt?«

»Das ist ausnahmsweise mal eine gute Idee von Ihnen.«

Marie fuhr den Wagen in die nächste Straße, in der sie anhielten.

Dann stiegen sie aus und gingen zurück, um sich auf einer kleinen Mauer, die rings um ein Grundstück herum verlief und von der aus man einen guten Blick auf das Haus der

Nowacks hatte, zu platzieren und dort geduldig abzuwarten, wer wohl der mysteriöse Besucher von Frau Nowack war. Döbele zog währenddessen ein paar Mal an seinem Rauchgerät, wie er es nannte. Marie ließ ihn gewähren. Eine Weile geschah nichts. Doch dann ...

»Das gibt es ja nicht. Sehen Sie das?«

»Ich sehe es, Döbele. Oder vielmehr – ich sehe ihn. Der schon wieder ...«

Aus dem Haus der Familie Nowack kam Johann. Er sah betrübt aus. Wie es schien, war er zu Fuß unterwegs.

Marie und Döbele hatten genug gesehen, sodass sie gleichzeitig aufstanden, um dem Jungen entgegenzugehen.

Als er die beiden Kommissare sah, blieb er wie angewurzelt stehen. Marie fürchtete schon, dass er womöglich kehrtmachen und davonlaufen würde. Dann schien er es sich aber anders zu überlegen und kam mit zögerlichen Schritten weiter auf sie zu.

»Hallo Johann. Was für eine Überraschung«, warf ihm Marie entgegen. Döbele winkte ihm kurz zu.

Mehr als ein schwaches »Hallo«, brachte Johann gerade nicht über die Lippen.

»Was machst du denn hier?«, richtete Marie erneut das Wort an ihn.

»Ich, ähm, ich wollte zu Mia. Die war aber nicht da.« Johann hob kurz seine Kappe an und kratzte sich nervös am Kopf.

»Ja, genau wie wir. Aber das hast du ja sicher bereits mitbekommen. Schließlich bist du ja in den Garten geflüchtet, als du uns gesehen hast.«

»Ich bin nicht geflüchtet. Ich brauchte nur etwas frische Luft.«

»Aha. Na klar doch. Dafür, dass Mia nicht da war, hast du aber noch eine ganz schöne Weile mit ihrer Mutter verbracht.«

»Na und? Wir haben eben ein bisschen geredet.«

»Und worüber?«

»Über alles Mögliche. Irina ist wirklich nett und nicht so cringe wie mein Dad.« Johann bis sich auf die Lippen.

»Nett ... so ...«, konnte sich Döbele da nicht verkneifen.

»Ja, genau Digga«, richtete sich Johann jetzt an Döbele, der bislang Marie das Wort überlassen hatte.

»Okay. Und jetzt? Was hast du heute noch so vor, Digga?«, fragte Döbele.

»Ja, ... sorry ... das mit dem Digga meine ich. Ist mir gerade so rausgerutscht. Ich muss meinem Dad noch was helfen. Der wartet sicher schon auf mich. Kann ich dann oder ist noch was?«, fragte Johann und sah dabei ungeduldig von einem zum anderen.

Döbele warf Marie einen Blick zu. Marie winkte ab.

»Kannst erst mal gehen. Wir sehen uns aber sicher noch mal wieder.«

Das ließ sich Johann nicht zweimal sagen. Mit schnellen Schritten ging er weiter und war schon bald um die nächste Häuserecke verschwunden.

»Und was meinen Sie, Frau Eisele, hatte der ein schlechtes Gewissen?«

»Mindestens, Digga«, war Maries Antwort, die sie ihm verbunden mit einem Augenzwinkern zurückgab.

Marie kam in den Sinn, dass auch hier eine Befragung der Nachbarn recht aufschlussreich sein könnte. Für heute wollte sie es jedoch gut sein lassen. Sie hatten fürs Erste genug gesehen.

Sonntag

Hilfreiche Nachbarn

Am nächsten Morgen standen Marie und Döbele, dem der zusätzliche Dienst am Wochenende nichts auszumachen schien, gemeinsam bei den Nachbarn der Nowacks bereit, um Antworten auf ihre Fragen zu den Geschehnissen im Hause Nowack zu erhalten. Bei der ersten Nachbarin von gegenüber hatten sie bereits Glück. Als sie klingelten, öffnete eine ältere Dame augenblicklich die Tür.

Marie hielt ihren Dienstausweis bereit, dieses Mal darauf gefasst, ihn notfalls zu verteidigen, bevor er ihr am Ende wieder entrissen wurde.

»Guten Morgen, Polizei Schovenbüll, Eisele mein Name und das ist Herr Döbele«, erklärte sie der alten Dame, deren Augen sich umgehend erhellten, als ihr Blick auf die Gestalt Döbeles traf und Döbele geistesgegenwärtig zurückstrahlte. Maries Dienstausweis beachtete sie gar nicht erst.

»Ziegler. Elfriede Ziegler«, stellte sich Ihnen die Frau vor. »Kommen Sie nur herein. Ich habe gerade eine Kanne Tee gekocht. Möchten Sie vielleicht eine Tasse?«, bot sie ihnen freudestrahlend an.

»Nein, danke.« Marie lehnte ab.

»Also ich nehme sehr gerne eine Tasse.« Döbele lächelte die Frau noch immer an und wurde mit einer Tasse feinsten Ostfriesentees belohnt. Marie seufzte.

»Ach, wissen Sie was? Dann nehme ich auch eine Tasse«, sagte sie schließlich resigniert und ließ sich neben Döbele nieder, der es sich bereits auf der hölzernen Küchenbank, an dem mit einer blau-gelb karierten Wachstischdecke gedeckten Küchentisch, gemütlich gemacht hatte. Frau Ziegler nickte zufrieden und stellte eine weitere Tasse vor Marie ab, bevor sie sich selbst einen Stuhl heranzog, dessen Polster ebenfalls blau-gelbe Karos aufwies.

Die alte Dame erklärte, dass sie bereits seit über vierzig Jahren in dem Haus wohne und sich immer über Besuch freue. Dann nahm sie einen genussvollen Schluck aus ihrer Tasse, in die sie zuvor mindestens vier Stück Kandiszucker hatte fallen lassen. »So, was kann ich denn für Sie tun?«, wollte sie schließlich wissen.

»Es geht um Ihre Nachbarin von gegenüber. Die Frau Nowack«, erwiderte Döbele.

»Ah, die Nowack,« Frau Ziegler nickte wissend, »die ist geschieden. Hieß früher Beck. Ich kannte die ja schon, als die noch so klein war.« Frau Ziegler deutete eine Größe in Höhe ihres Küchentischs an. »Was wollen Sie denn über die wissen?«

»Uns würde interessieren, ob Sie da vielleicht mitbekommen, wer da so alles ein- und ausgeht«, erklärte Marie.

»Vor allem, wenn es sich dabei um die Herren der Schöpfung handelt«, setzte Döbele mit einem schelmischen Augenzwinkern hinzu.

»Ja, das ist ganz interessant«, meinte Frau Ziegler verheißungsvoll und nahm noch einen kräftigen Schluck aus ihrer Tasse. »Da ist zum einen natürlich die Tochter, die Mia. Die wohnt ja da, wenn sie nicht gerade bei ihrem Vater ist. Ein ganz anständiger Kerl ist das im Übrigen der Herr Beck. Wie der sich mit so einer ...«, sie nickte in Richtung des gegenüberliegenden Hauses, »hat einlassen können, ist mir ein Rätsel. Hat ihm wahrscheinlich mit ihrem freizügigen Auftreten den Kopf verdreht. Na ja. Geht mich ja eigentlich auch gar nichts an.« Frau Ziegler legte eine kurze Pause ein, ehe sie fortfuhr. »Dann kommen da ab und an die Freundinnen von der Mia. So junge Dinger, mit ihren Motorrollern. Ist jedes Mal ein Mordskrach, wenn die hier so angefahren kommen. Nicht zu überhören. Und ich höre ja auch noch gut.«

Döbele nickte anerkennend.

»Ja und dann ist da noch dieser Junge. Ich glaube, das ist der Sohn von dem, der sich hier in der Gegend immer um die Gärten der Leute kümmert. Wie heißt der noch gleich?«

Döbele half aus. »Jansen?«

»Ja, genau so heißt der, glaube ich. Wie der Junge aber jetzt heißt …? Keine Ahnung.« Frau Ziegler hob entschuldigend die Schultern.

»Das macht nichts, Frau Ziegler. Wir wissen das nämlich. Johann, so heißt der.«

»So. Johann … Ja, auf jeden Fall, der ist öfters mal bei der da. Auch wenn die Tochter nicht zu Hause ist. Anfangs, da dachte ich nämlich, das wäre vielleicht der Freund von der Mia. Aber mittlerweile, na ja …« Frau Ziegler hob vielsagend die Brauen.

»Ah ja. Verstehe.« Döbele nickte verschwörerisch, was bewirkte, dass Frau Ziegler sofort weitersprach.

»Also, ich will ja jetzt nichts Falsches sagen, aber für mich sieht das so aus, als sei das womöglich der ‚Hausfreund‘ von der Frau Nowack.« Frau Ziegler malte mit den Fingern Anführungszeichen in die Luft. »Ein bisschen arg jung, würde ich ja mal meinen. Aber fesch ist er ja schon. Das muss man sagen. Hätte mir damals, als ich noch jung war, auch gefallen können.« Ihr sehnsuchtsvoller Blick verriet, dass sie für einen Augenblick in die Tiefen vergangener Erinnerungen abgetaucht war.

»Und sonst? Gibt es da vielleicht noch mehr Leute, die bei den Becks zu Gast sind?« holte Marie sie wieder in die Gegenwart zurück.

»Noch mehr? Abgesehen vom Schornsteinfeger und dem Briefträger?« Frau Ziegler grinste jetzt. »Nein.« Sie schüttelte den Kopf und sah dabei wieder zu Döbele, der ihr schelmisches Grinsen erwiderte, »Das reicht ja schließlich auch, oder?!«

Marie war zufrieden, als sie das Haus von Frau Ziegler verlassen hatten. »Ich denke, Döbele, den Besuch bei den anderen Nachbarn können wir uns schenken. Zeit mal wieder ein paar Leute aufs Revier einzuladen.«

Beschwingt ließ Marie sich auf den Fahrersitz gleiten und erklärte ihren heutigen Dienst für beendet.

Montag

Revier

Am nächsten Morgen hatte Marie glänzende Laune. Sie hatten endlich einige interessante und vielversprechende Hinweise erhalten, auch wenn sie noch nicht so genau wussten, inwiefern sie das im Mordfall Annegrit weiterbrachte. Aber das würden sie schon noch herausfinden.

In jedem Fall hatte Marie bereits Mia und ihre Mutter – allerdings getrennt voneinander – und außerdem noch Johann für den Nachmittag einbestellt.

Den Gesprächen sah sie mit Gespanntheit entgegen.

Zuerst erschien Mia. Sie kam eine viertel Stunde zu spät und erklärte, dass ihre Fahrradkette gerissen sei.

»Warum fährst du eigentlich nicht mit dem Motorroller, wie deine Freundinnen?«

»Ist kaputt.«

»Das ist natürlich schade. Dann hoffe ich, es ist nur eine Kleinigkeit …«

Mia erwiderte nichts darauf.

»Wir möchten dich fragen, ob dir an Annegrit in der letzten Zeit irgendwelche Veränderungen aufgefallen sind. War sie vielleicht irgendwie anders als sonst?«

»Die Anne hatte vor ein paar Monaten immer wieder ganz schöne Downs. Sie hatte auch nicht mehr so richtig Motivation zu trainieren, glaube ich. Dabei war ihr das doch immer so wichtig. Sie hat ja ihre meiste Freizeit damit verbracht und hatte sonst auch wenig Zeit für andere Dinge ... Und dann auf einmal war sie wieder total gut drauf. Mehr als gut drauf würde ich sogar sagen. Manchmal war das kaum auszuhalten. Richtig cringe war das.« Sie machte eine kurze Pause und schien zu überlegen.»Hat das irgendwie mit dem Ritalin zu tun?«, fiel ihr dann ein.

»Das ist zumindest anzunehmen. Und du weißt nicht, wo sie das Zeug herhatte?«

»Nein. Weiß ich wirklich nicht.«

»Okay. Ist dir mittlerweile etwas zum Thema Handyverlust eingefallen? Weißt du noch, wo du es zuletzt gehabt hast?«

»Ich bin mir nicht sicher …« Mia sah aus, als denke sie angestrengt nach. Dann erhellte sich ihr Gesicht für einen kurzen Moment, den Marie sofort registrierte.

»Ja? Was geht dir durch den Kopf, Mia?«

»Ich war am Sonntag am späten Nachmittag noch bei meinem Vater im Laden. Ich helfe da manchmal aus. Der Johann war auch kurz da, gemeinsam mit seinem Vater. Sie haben ein paar Blumen bei uns abgeholt. Manchmal haben wir auch sonntags geöffnet, zum Beispiel wenn Hochzeiten sind oder so, wissen Sie? Und als ich zu Hause auf mein Handy gucken wollte, da war es dann auf jeden Fall weg.«

»Hätte Johann denn die Möglichkeit gehabt, das Handy zu nehmen, als er bei euch im Laden war?«, wollte Marie wissen.

»Theoretisch schon. Meine Tasche stand ja hinten im Laden und er und sein Vater haben von da die Blumen geholt.«

»Kannte Johann denn deine PIN?«

Mia wurde rot.»Die ist vielleicht ein bisschen einfach.«

»Lass mich raten« Döbele grinste,»1,2,3,4?«

»Genau.«

»Na, die solltest du jetzt in jedem Fall aber mal ändern.«

»Hab ich schon«, erwiderte Mia kleinlaut.

»Aber wie hätte er es am nächsten Tag wieder zurückbringen sollen? Mein Handy lag ja dann, als ich am Nachmittag nachgesehen habe, einfach plötzlich wieder in meiner Tasche. Und ich habe vorher wirklich alles abgesucht und meine Tasche dafür sogar komplett ausgeleert.«

Döbele und Marie sahen einander an.

»Wo befand sich deine Tasche denn zu dem Zeitpunkt, als du dein Handy darin wiedergefunden hast?«

»Unten im Flur, warum?«

»Kann es vielleicht sein,«, hob Marie an, »dass Johann in der Zeit, als du in deinem Zimmer warst, bei euch ... zu Besuch war?«

»Wäre theoretisch möglich. Manchmal kommt er, um mit meiner Mutter zu reden.«

»Ach, du weißt davon? Und wie findest du das?« Döbele hielt es kaum noch auf seinem Stuhl.

»Ehrlich gesagt, es nervt mich manchmal, dass er immer wieder mal vorbeikommt und dann plötzlich bei uns in der Küche sitzt. Mittlerweile habe ich mich aber schon fast daran gewöhnt. Und falls Sie da irgendwie was Schräges zu im Sinn haben ... da läuft auf jeden Fall nichts zwischen den beiden.«

»Oh. Okay.« Döbele wirkte ein wenig zweifelnd, beließ es aber dabei. »Dann ist es ja gut«, fügte er nur knapp hinzu.

Mia wurde plötzlich aschfahl.

»Wenn es wirklich Johann war ... Dann wird mir auch klar, warum der letztens bei meinem Vater vor der Tür stand.«

»Du meinst letzten Mittwoch vor eurem Haus?«

Mia starrte Marie entgeistert an. »Woher wissen Sie davon?«

»Sagen wir, ich war zufällig in der Nähe und habe euren Streit mit angesehen. Allerdings konnte ich dabei leider nicht allzu viel von eurer Unterhaltung verstehen. Worum ging es da?«

»Ahnma ... Er wollte von mir wissen, ob ich was mit Annegrits Tod zu tun habe. Ich dachte, der spinnt. Echt bodenlos. Aber wenn er tatsächlich die Nachricht gelesen hat, dann ...«

»Tja ...«

Marie und Döbele sahen einander an. Beide dachten das gleiche. Es war unwahrscheinlich, dass Johann der Täter war, wenn er ernsthaft Mia verdächtigte. Aber ein Stalker war er in jedem Fall.

»Ich habe da noch eine andere Frage: in was für einer Arztpraxis arbeitet eigentlich deine Mutter?«, hakte Marie nach.

»In der Praxis von Dr. Otto. In der Seestraße ist das. Wieso?«

»Ach nur so. Danke. Wir sind für heute fertig und du kannst erst mal gehen. Herr Döbele begleitet dich noch zur Tür.«

Mia zögerte. Es sah kurz so aus, als wolle sie noch etwas sagen, überlegte es sich dann jedoch noch einmal anders.

Auch Döbele schob nun seinen Stuhl zurück und hielt Mia die Tür auf.

Nachdem Mia gegangen war, dauerte es keine fünf Minuten, bis Irina Nowack in der Tür stand.

»Frau Nowack. Ich grüße Sie.«

Marie bot ihr einen Stuhl ihr direkt gegenüber an. Döbele zog sich den seinen seitlich daneben.

»Frau Nowack. Wir haben Sie heute eingeladen, weil wir einige Fragen an Sie haben.«

Irina Nowack sah von einem zum anderen. Bevor sie jedoch etwas erwidern konnte, ging die Tür auf und Babsi Svenska steckte ihren blond gelockten Kopf herein. »Frau Eisele? Könnten Sie kurz mal …«

»Komme schon. Einen Moment noch bitte, Frau Nowack. Bin sofort wieder zurück.«

Marie schloss die Tür hinter sich.

»Also der Dr. Otto ist ein Neurologe und Psychiater. Die Praxis hat eben bestätigt, dass Annegrit Lind ein paar Mal in der Praxis war. Es gibt allerdings keine Hinweise darauf, dass ihr irgendwelche Mittel wie Ritalin verschrieben wurden. Also das gleiche wie bei der Hausarztpraxis. Da wusste ja auch niemand über so etwas Bescheid. Es ging wohl um andere Themen wegen der Annegrit bei denen war. Ich glaube, sie hatte einen Tinnitus oder so etwas.«

Marie nickte. »Okay, dass auch diese Praxis ihr nichts verschrieben hat, hatte ich mir bereits gedacht. Wäre aber theoretisch möglich gewesen. Das Fachgebiet passte ja immerhin schon einmal. Danke erst mal Kollegin.«

Marie betrat wieder den Vernehmungsraum, in dem Frau Nowack und Döbele offenbar bemüht waren, einander mehr oder weniger höflich zu ignorieren. Döbele beschäftigte sich mit seinem Handy, während Irina Nowack, auffallend interessiert, ihre Gelnägel kontrollierte. Als Marie den Raum betrat, sahen beide auf.

»Frau Nowack. Sie arbeiten in der Praxis von Dr. Otto, richtig?«, begann Marie schließlich.

»Ja, das stimmt. Warum fragen Sie mich das?«

»Meine Kollegin hat mir gerade mitgeteilt, dass Annegrit auch ein paar Mal als Patientin bei Ihnen war.«

»Und? Da gehen doch alle aus der Umgebung hin, die ein neurologisches Problem haben. Mehr kann ich Ihnen, wie Sie sicher wissen, aber nicht sagen. Schweigepflicht.«

»Ja sicher.«

Marie beobachtete Irina Nowack genau, die sich nervös mit den Fingern durch ihre rote Mähne fuhr und dann an ihren silbernen Creolen herumnestelte. Insgeheim hoffte Marie, dass Irina Nowack doch noch etwas zum Thema Ritalin beizusteuern hatte. Bedauerlicherweise schien dem aber gerade nicht so zu sein. Sie beschloss daher, ihr zunächst einige andere Fragen zu stellen.

»Okay. Nächste Frage. Als wir zuletzt bei Ihnen waren – Sie erinnern sich sicher – da war noch jemand da, der dann in ihrem Garten verschwunden ist. Wir haben dann im Anschluss daran unsere Mittagspause in ihre Straße verlegt und als wir da so saßen, kam doch tatsächlich der Johann Jansen aus Ihrem Haus.«

Irina Nowack wurde blass. Marie versuchte, ihre Genugtuung darüber zu verbergen.

»Und? Er wollte zu meiner Tochter. Aber die war nicht da«, erklärte sie, nachdem sie sich wieder ein wenig gefangen hatte.

»Dafür, dass Mia nicht da war, ist er aber ganz schön lange bei Ihnen geblieben«, setzte Marie nach.

»Wir haben eben noch ein wenig geredet.«

»Und, worüber haben Sie beide so geredet?«

»Über alles Mögliche. Johann geht es nicht so gut zurzeit.«

»Interessant und was erzählt er da so?«

»Er hat ja sonst niemanden zum Reden. Da kommt er halt ab und an zu mir mit seinen Problemen.«

»Was für Probleme sind das denn?«

»Das müssen Sie ihn schon selbst fragen.«

»Das machen wir gleich sehr gerne.«

»Wieso gleich?« Irina Nowack sah sich alarmiert um.

»Er hat heute ebenfalls einen Termin bei uns.« Döbele lehnte sich zufrieden zurück.

»Warum? Was wollen Sie denn jetzt von Johann?«

»Das lassen Sie mal unsere Sorge sein«, erwiderte Marie.

»Haben Sie beiden eigentlich was – Sie wissen schon?« Döbele, der eine ungenaue Handbewegung machte, wirkte jetzt ein wenig ungeduldig. Marie warf ihm einen warnenden Blick zu, den er ignorierte.

Er wollte es jetzt offensichtlich endlich genauer wissen.

Irina Nowack sprang entrüstet auf.

»Was erlauben Sie sich?«

»Ganz ruhig, Frau Nowack.« Marie versuchte, die aufgebrachte Frau, die heute einen schwarzen, enganliegenden Hosenanzug trug, der ihre üppigen Formen noch zusätzlich betonte, zu beruhigen, was jedoch ganz offensichtlich misslang.

»Ich bin freiwillig hierhergekommen. Da wusste ich aber noch nicht, was für unverschämte Fragen Sie mir hier stellen würden … Und jetzt gehe ich. Wenn Sie das nächste Mal etwas von mir wollen, dann habe ich einen Anwalt dabei.« Irina Nowack stand auf, wobei sie beinahe ihren Stuhl umwarf. Dann stolzierte sie hoch erhobenen Hauptes aus der Tür, ohne sich noch einmal umzudrehen. Auf dem Flur stieß sie dabei beinahe mit Manni zusammen, der erschrocken zur Seite sprang.

»Was war das denn?«, wollte er wissen.

»Das war ein verdammt schlechtes Gewissen, wenn man mich fragt.« Döbele lehnte jetzt ganz entspannt und mit sich selbst zufrieden im Türrahmen, während hinter Frau Nowack die Tür mit einem lauten Knall ins Schloss fiel.

Eine halbe Stunde später erschien ihr letzter Termin für heute. Johann.

Er wirkte nervös, als er die Räumlichkeiten des Polizeireviers betrat.

Um ihn nicht unnötig lange warten zu lassen, bat Marie ihn sofort herein.

»Hallo Johann. Wir würden gerne unser Gespräch, das wir zuletzt auf der Straße geführt haben, ein wenig fortsetzen. Vielleicht magst du uns heute ja doch ein wenig mehr zu deiner Beziehung zu Frau Nowack erzählen?«

Johann schob seinen Stuhl zurück, als versuche er Abstand zwischen sich und seine Gesprächspartner zu bringen.

»Welche Beziehung? Wir kennen uns halt.«

»Und woher kennt ihr euch?«, hakte Marie nach.

»Wieso interessiert Sie das denn überhaupt?«

»Das lass mal unsere Sorge sein«, erwiderte Döbele.

Johann holte tief Luft. »Ich habe Irina über Mia kennengelernt.«

»Aha. Und woher kennst du Mia?«, wollte Döbele, der das Fragenstellen jetzt übernahm, von ihm wissen.

»Die kenne ich von Partys bei Freunden.«

»Und du bist mit Mia befreundet, oder wie ist das?«

Johann schwieg.

»Hallo? Johann? Ich habe dir eine Frage gestellt.«

»Ja. Nein. Befreundet sind wir nicht so wirklich. Aber sie war ja mit Anne befreundet und ich musste mich ja dann mit ihr abfinden.«

»Was heißt das?«

»Das heißt, dass Anne eben oft mit ihr zusammen war. Und ab und an haben wir dann zu dritt was unternommen. Für eine Zeit lang zumindest.«

»Wann war denn das genau?«

»Das war so bis vor zwei Monaten ungefähr. Dann hatte Anne irgendwann keine Lust mehr auf mich. Wegen der Mia, denke ich. Das ging irgendwie so gar nicht fit.«

»Du meinst, weil sie dann mit ihr zusammen war?«

Johann nickte.

»Ich verstehe jetzt aber immer noch nicht, wie du dann Mias Mutter kennengelernt hast.«

»Ich … ach, ist ja auch egal. Ich bin halt ein paar Mal hin und wollte mit Mia sprechen. Über Anne und so … Die war aber nie da. Stattdessen habe ich dann halt mit Irina geredet. Das hat mir irgendwie ganz gutgetan.«

»Das heißt, du hast ihr dein Herz ausgeschüttet?«

»Wenn Sie es so nennen wollen.« Johann sah betreten zu Boden.

»Und dann hat sich da mehr entwickelt?«

»Nein man! Was soll das?«

»War ja nur eine Frage. Sie ist ja nicht ganz unattraktiv, die Frau Nowack.«

Johann nuschelte etwas in Richtung seiner Füße, das niemand verstand.

»Wie bitte?« Döbele hakte nach.

»Ist mir gar nicht aufgefallen!«

»Tatsächlich nicht?«

»Ja und wenn schon? Die ist halt einfach ganz cool. Aber das war es dann auch. Keine Ahnung … Kann ich jetzt gehen oder ist noch was?«

»Du kannst jetzt erst mal gehen. Wir melden uns aber sicher noch mal bei dir.«

Nachdem Johann gegangen war, fassten Marie und Döbele zusammen, was sie bislang hatten.

Was Johann und Frau Nowack anbelangte, so war dies eine interessante Entwicklung. Nur hatten sie noch keine wirkliche Idee, ob und falls ja, wie das alles mit Annegrit Linds Tod zusammenhing.

Außerdem gab es noch immer keinen konkreten Hinweis darauf, woher das Mädchen das Ritalin hatte. Dabei ließ Marie das Gefühl nicht los, dass Frau Nowack etwas damit zu tun haben könnte.

Immerhin arbeitete sie ja sozusagen an der Quelle.

Dienstag

Neue Entwicklungen

Marie beschloss, zusammen mit Döbele noch einmal persönlich bei Annegrits Verein vorbeizufahren. Vielleicht ergab sich dort ja doch noch ein Hinweis darauf, woher das Mädchen das Ritalin hatte.

Es war kurz nach zwei. Als sie auf den Parkplatz fuhren, bemerkten sie eine kleine Gruppe Teenager, die vor der Turnhalle zusammenstand.

Außer den drei Mädchen, deren Training vermutlich gleich begann, stand noch ein junger Mann bei der Gruppe.

»Den kennen wir doch irgendwoher ...« Marie sah kurz zu Döbele.

»Yep. Ist das nicht der Bruder von Johann Jansen? Wie hieß der noch?«

»Patrick.«

»Ja, genau. Der müsste das sein, wenn mich nicht alles täuscht«, stellte Marie interessiert fest.

Sie hatten den Jungen zwar bislang nur auf einem Foto gesehen, ihn jedoch gleich wiedererkannt. Er hatte das gleiche hellblonde Haar wie sein jüngerer Bruder. Allerdings trug er die Seiten abrasiert und das restliche Haar glatt zurückgekämmt. Der Jogginganzug, den er anhatte, wirkte ziemlich stylish und er trug auffällige weiße Turnschuhe.

»Scheint Kohle zu haben, der Gute. Allein für die Schuhe legt man locker zweihundert Mäuse hin«, stellte Döbele anerkennend fest.

»Das schauen wir uns jetzt aber mal genauer an«, befand Marie daraufhin.

Die Kommissarin trat aufs Gaspedal, um anschließend mit quietschenden Reifen neben der Gruppe zum Stehen zu kommen.

Die Jugendlichen sprangen erschrocken ein Stück zur Seite und starrten sie mit offenen Mündern an.

Als Döbele die Autotür öffnete, versuchte Patrick Jansen abzuhauen. Döbele war jedoch schneller und bekam ihn gerade noch so an seiner Trainingsjacke zu fassen.

»Spinnst du«, schrie ihn Patrick wütend an. Bei den Bemühungen, Döbele abzuwehren, fiel ihm etwas aus der Jackentasche.

Marie bückte sich danach, während die Mädchen das ungewöhnliche Schauspiel immer noch in Schockstarre verfolgten.

»Was haben wir denn da?« Marie las laut vor »Ritalin. Interessant.«

Döbele hielt Patrick immer noch fest.

»Scheiße man. Was soll das?«

»Das wüssten wir auch gern«, ließ Marie verlauten und hielt ihm das Päckchen unter die Nase.

»Hat er euch das Zeug verkauft?« Jetzt richtete Marie ihre Aufmerksamkeit auf die Mädchen, die die Situation noch nicht so ganz zu erfassen schienen. Marie hielt ihnen ihren Dienstausweis hin. Allmählich schlich sich das Begreifen in die Gesichter der Umstehenden.

»Also. Nein. Er hat uns nichts verkauft.« Ein Mädchen mit Pferdeschwanz und Zahnspange antwortete ihr.

»Sondern?«

»Nur angeboten.« Eine kleine Blonde in einem pinkfarbenen Trainingsdress sah sie unsicher an.

»Haben wir aber nicht gewollt«, meinte schließlich die dritte im Bunde.

»Und sonst? Hat jemand anderes, den ihr kennt, hier vielleicht was gekauft?«

»Nee. Nicht dass wir wüssten.«

»Alles klar. Dann könnt ihr jetzt gehen. Das Training beginnt doch jetzt, oder?!«

Die Mädchen nickten und setzten sich langsam in Bewegung.

»Döbele, wir haben, was wir brauchen. Patrick, Sie kommen jetzt erst mal mit uns aufs Revier.«

Auf dem Revier bestätigte Patrick ihre Theorie. Er machte gar nicht erst den Versuch, die Kommissare anzulügen. Er hatte das Präparat tatsächlich an Annegrit verkauft. Sie habe ihn, wie er angab, darum gebeten.

»Und woher wusste sie, dass Sie das Zeug verkaufen?«

»Keine Ahnung. Hat sich vermutlich rumgesprochen.«

»Das heißt, sie verkaufen doch noch an andere, oder was?«

Patrick, dem erst jetzt klar zu werden schien, dass die Situation nicht besonders gut für ihn aussah, verschränkte die Arme vor der Brust. »Ich sag jetzt nichts mehr. Ich will 'nen Anwalt.«

»Klar doch. Können Sie haben. Besser würde es allerdings für Sie aussehen, wenn Sie mit uns reden. Schließlich geht es hier um Mord.«

Patrick schoss von seinem Stuhl nach oben.

»Um Mord? Damit hab ich nix zu tun. Wegen der Annegrit, oder was meinen Sie?«

»Setzen Sie sich erst mal wieder hin«, versuchte Döbele ihn zu beruhigen und drückte ihn mit sanftem Druck zurück auf seinen Stuhl.

»Genau«, erwiderte Marie, nachdem sich Patrick wieder hingesetzt hatte. »Das wäre ja ein Motiv, das Sie da haben. Annegrit hat Sie verraten wollen und Sie haben sie ermordet.«

»Hölle nein! Das können Sie mir nicht anhängen. Außerdem, an dem Abend, wo die ermordet wurde, war ich auch gar nicht allein unterwegs.«

»Sondern?«

»Sag ich nicht.«

So sehr sie es auch versuchten, sie konnten Patrick nicht dazu bringen, ihnen zu sagen, mit wem er den Abend, an dem Annegrit starb, verbracht hatte. Am Ende mussten sie ihn gehen lassen. Sie würden ihn zu einem späteren Zeitpunkt noch einmal befragen. Allein schon wegen des Ritalins.

Beste Freundinnen

Marie suchte Beatrice Petersen am späten Nachmittag in ihrem Zuhause auf. Döbele hatte noch einen privaten Termin, den er, wie er sagte, leider ausnahmsweise nicht verschieben konnte.

Sie hatten zuvor herausgefunden, dass Beas Eltern seit einiger Zeit getrennt lebten. Bea wohnte bei ihrer Mutter. Das Haus lag in einer Sackgasse. Ein kleiner Garten trennte es von den Nachbargrundstücken. Rote Backsteinreihenhäuser mit gepflegten Gärten drumherum. Typisch für diese Region und diesen Ort, dachte Marie.

Dieses Mal hatte sich Marie vorher angemeldet. Als sie am Haus der Petersens ankam, saß Bea auf einer Bank vor dem Haus und kaute Kaugummi.

»Hallo Bea.«

»Hallo Frau Eisele.«

»Wie geht es dir?«

»Danke, geht schon.«

»Sollen wir uns hier unterhalten oder gehen wir rein?«

»Lieber draußen eigentlich.«

»Okay. Es sieht allerdings nach Regen aus.«

Marie deutete auf den Himmel über ihnen, der gerade dabei war, sich beunruhigend schnell zu verdunkeln. Zögerlich stand Bea auf.

»Na gut. Muss dann nur noch kurz was aufräumen.«

»Also wegen mir musst du das nicht machen. Ein wenig Unordnung stört mich nicht.«

»Okay ...«

Das Mädchen kramte umständlich in ihren Jackentaschen und zog schließlich den Haustürschlüssel heraus. »Dann kommen Sie halt mit.«

Marie ging hinter ihr her in Richtung Haustür. »Bist du allein?«

»Ja bin ich. Mama ist arbeiten.«

»Na ist ja vielleicht auch mal ganz schön so, oder? Ein bisschen Zeit für sich allein zu haben, meine ich.«

Ohne etwas darauf zu erwidern, schloss Bea ein wenig umständlich die Haustür auf. Im Flur lagen einige Schuhe auf dem Boden verstreut, die Bea mit dem Fuß zur Seite schob.

Eine Jacke und ein Schal lagen ebenfalls auf dem Fußboden herum. Links von ihnen befand sich offenbar die Küche, in der ein ziemliches Chaos herrschte und aus der ihnen ein unguter Geruch entgegenschlug.

»Entschuldigung. Aber ich bin noch nicht dazu gekommen aufzuräumen. Wie gesagt.«

»Das macht nichts«, erwiderte Marie schnell. »Wo können wir uns denn mal setzen?«

»Am besten wir gehen ins Wohnzimmer.«

Bea führte Marie weiter durch den schmalen Flur. Als sie an einer offenstehenden Zimmertür vorbeigingen, versuchte Bea rasch, die Tür zu schließen.

Dennoch konnte Marie einen schnellen Blick hineinwerfen. Dieses Zimmer sah entgegen dem, was sie hier sonst zu sehen bekam, sehr ordentlich aus. Sie konnte ein Bett erkennen, mit einem Sideboard darüber, auf dem ein paar Pokale standen. Außerdem ein großes Poster mit einer Sängerin darauf, deren Name Marie gerade nicht einfiel.

Mit einem Kopfnicken deutete Bea in Richtung einer weiteren offenstehenden Tür, hinter der sich offensichtlich das Wohnzimmer befand.

»Bitte. Setzen Sie sich doch.« Bea deutete auf die Couch und schob ein paar Kissen und ungefaltete Decken zur Seite.

Der Tisch war übersät mit alten Zeitungen, auf denen einige benutzte Gläser und Tassen standen. Leere Chipstüten lagen unter dem Tisch verteilt. Auf dem Esstisch im hinteren Teil des Zimmers sah es ähnlich aus.

Marie glaubte nicht, dass dieses Chaos das Resultat weniger Tage war. Es sah vielmehr danach aus, als habe hier jemand ein anhaltendes Problem damit, sich zu strukturieren und um sein Zuhause zu kümmern. Dabei war es offensichtlich, dass Bea sich für das Chaos schämte und mit der Situation um sie herum überfordert war. Dennoch beschloss die Kommissarin im Augenblick nicht weiter darauf einzugehen. Das hier war schließlich nicht ihre Baustelle.

»Danke«, erwiderte die Kommissarin daher, ohne auf das Chaos um sie herum zu reagieren und setzte sich.

»Was gibt es denn, weswegen Sie mich noch mal sprechen wollten? Haben sie den Mörder etwa gefunden?« Bea sah die Kommissarin aufmerksam an.

»Nein. Leider noch nicht. Aber mich würde interessieren, ob du nicht vielleicht doch etwas darüber weißt, dass Annegrit Ritalin genommen hat. So als beste Freundin sozusagen. Wir wissen mittlerweile auch, von wem sie das Zeug hatte.«

»Ach. Und von wem?«

»Patrick Jansen. Den kennst du doch sicher auch, oder? Wir haben ihn dabei erwischt, als er was an deine Vereinskameradinnen verkaufen wollte und vermutlich war er nicht das erste Mal dort ...«

Marie nahm wahr, dass Bea nervös an ihren Haaren herumspielte.

»Da wusste ich nichts von. Hab ich auch ehrlich nie mitgekriegt.«

»Okay. Und wie ist das mit dem Abend, an dem Annegrit umgekommen ist? Da hast du auch nicht gewusst, dass sie sich mit Mia treffen wollte?«

»Nein. Woher denn?«

»Ihr seid ihr ja kurz vor eurem Cliquentreffen am Samstagabend noch begegnet, der Mia. Kurz danach hat Annegrit ihr dann eine Nachricht geschickt. Unter Freundinnen redet man doch über so etwas, oder?«

»Aber nicht darüber. Da hat sie mir oft nichts von erzählt, wenn sie sich mit der getroffen hat.«

»Und warum nicht? Was denkst du?«

»Vielleicht, weil ich die einfach nicht leiden konnte. Und das wusste Anne auch.«

Marie nahm Zorn in Beas Stimme wahr.

»Aber vielleicht hast du ja gesehen, wie sie ihr eine Nachricht geschrieben hat?«

»Nein. Hab ich nicht. Ich guck doch nicht, wem sie was schreibt.«

»Denkst du, es könnte vielleicht jemand anderes von euch gesehen haben?«

»Was weiß ich. Fragen Sie die anderen doch selbst.«

»Das ist eine gute Idee. Das mache ich.« Entschlossen stand Marie auf, um sich zu verabschieden.

Draußen hatte es sich schlagartig abgekühlt und es goss mittlerweile in Strömen, so dass sie auf ihrem kurzen Weg zum Auto vollkommen durchnässt wurde. Sie beschloss daher, zuerst nach Hause zu fahren, um sich trockene Sachen anzuziehen.

Die Clique würde sie bei einem solchen Wetter sicherlich ohnehin nicht an ihrem Platz antreffen. Sie nahm sich vor, sich später telefonisch bei ihnen zu melden.

Anrufe

Nachdem sie sich zu Hause umgezogen hatte und wieder zurück auf dem Revier war, entschied sich Marie dazu, die einzelnen Mitglieder der Clique jetzt sofort zu kontaktieren. Sie wollte nicht mehr Zeit verlieren als unbedingt nötig. Sie startete damit, indem sie die Nummer von Marc wählte. Laut ihren Informationen war er mit seinen zwanzig Jahren der Älteste unter ihnen. Nach dreimaligem Klingeln nahm er ihren Anruf schließlich entgegen.

»Hallo Marc. Marie Eisele hier von der Kripo. Hast du einen Moment für mich?«

»Ja klar. Habe ich.« Die Antwort kam ohne zu zögern.

»Das ist prima. Ich habe noch mal eine Frage an dich und auch an deine Freundinnen und Freunde aus eurer Clique. Hat irgendjemand von euch mitbekommen, dass sich Annegrit mit Mia für Sonntagabend verabredet hat? Vielleicht hat jemand ja den Nachrichtenverlauf mitgelesen?«

Marc schien kurz zu überlegen.

»Nein. Nicht, dass ich wüsste.«

»Wer hat denn wo gestanden oder gesessen am Samstag?«

»Keine Ahnung. Wir sind ja immer mal rumgelaufen und haben da natürlich auch die Plätze zwischendurch gewechselt.«

»Verstehe. Danke, Marc. Das war es dann auch schon.«

Marie verabschiedete sich und ging die Liste weiter durch. Als nächstes versuchte sie es bei Levi. Wie sie mittlerweile herausgefunden hatten, war Levi der Zwillingsbruder von Sophie. Bis auf dieselbe Haarfarbe sahen sich die beiden jedoch kaum ähnlich.

Levi ging gleich nach dem ersten Klingeln an sein Handy. Im Hintergrund konnte Marie eine Lautsprecherdurchsage hören.

»Hallo Levi. Marie Eisele hier von der Polizei. Wo bist du denn gerade? Können wir kurz sprechen?«

»Ich bin am Bahnhof. Der Zug kommt erst in zehn Minuten. Hat Verspätung.« Levi hörte sich genervt an, was Marie in Anbetracht der häufigen Zugverspätungen und Ausfälle, die auch sie bisweilen erleben durfte, gut nachvollziehen konnte.

»Nun gut. Dann passt es ja hoffentlich dennoch kurz. Ich wollte dich fragen, ob du vielleicht mitbekommen hast, dass Annegrit sich für Sonntagabend, also den Abend ihrer Ermordung, mit Mia verabredet hat?«

»Ich? Nee. Ich frag mal eben Sophie, ob die was mitbekommen hat.«

Marie wartete geduldig.

»Nee, hat sie nicht.«

»Schade. Denkst du, dass es sonst irgendwer mitbekommen haben könnte? Wer hat denn so die meiste Zeit mit Annegrit zusammengestanden oder -gesessen an dem Abend?«

»Das weiß ich nicht.« Er zögerte kurz. Marie war sich nicht sicher, ob Sophie gerade etwas gesagt hatte.

»Aber so generell, da war die Bea ja die meiste Zeit in ihrer Nähe.«

»Alles klar. Interessant. Danke euch. Und gute Fahrt.«

Sie versuchte es noch bei den anderen, leider nahm jedoch keiner von ihnen ihren Anruf entgegen.

Marie wollte Döbele bitten, es später ebenfalls noch einmal zu versuchen, als ihr einfiel, dass sie ihn heute früher hatte Schluss machen lassen. Schließlich hatte er in den letzten Tagen reichlich Überstunden gemacht. So wie sie alle eigentlich.

Auch Marie fand daher, dass es für heute genug war.

Sie beschloss, ebenfalls Schluss zu machen. Es war jetzt bereits kurz nach fünf und sie hatte Hunger. Um Eddy musste sie sich heute nicht mehr kümmern, das hatte Tiffy mal wieder gerne für sie übernommen.

Sie überlegte kurz, am Imbiss im Nachbarort vorbeizufahren, um sich eine Pommes und vielleicht ein Falafel Sandwich für zu Hause zu holen. Auf halbem Weg war ihr dann aber doch mehr nach Pizza zumute und so steuerte sie die örtliche Pizzeria *Bei Giovanni* an, deren Inhaber aus Neapel stammte, was er oft und gern betonte. Seiner Meinung nach war seine Pizza deshalb so gut, weil er selbst die Glut des Vesuvs in sich trug.

Die Pizza schmeckte hier, das musste Marie zugeben, tatsächlich extrem gut. Ob das allerdings mit Giovannis heißblütiger Herkunft zu tun hatte, nun ja ... Jedenfalls war es in dem Laden, abgesehen von der guten Pizza, auch atmosphärisch gut auszuhalten, sodass sie hier gelegentlich einkehrte.

Sie parkte wenige Meter entfernt vor der Eisdiele, die einer österreichischen Familie gehörte. Ganz schön multikulti hier ging Marie durch den Kopf, beinahe wie ihn Hamburg. Bei dem Gedanken daran musste sie kurz lächeln.

Sie würde ihre Pizza direkt vor Ort zu essen. So war es am einfachsten.

Als ihr Blick auf der Suche nach einem freien Platz durch das Restaurant streifte, fiel ihr Blick auf ein ihr wohlbekanntes Gesicht.

»Hey, Frau Eisele. Was für eine Überraschung!«

An einem der hinteren Tische saß Jan Döbele und winkte ihr begeistert zu.

Auch das noch. Marie überlegte kurz, einfach umzudrehen und so zu tun, als habe sie ihren Kollegen weder gehört noch gesehen, befand dann aber selbst, dass das wohl doch zu unhöflich und ein echtes No-Go gewesen wäre.

Also gut. Vielleicht könnte sie ihm ja wenigstens eine kleine Chance geben.

Sie steuerte den Tisch an, an dem der Kollege saß, der jetzt bereits aufgestanden war, um ihr den Stuhl ihm direkt gegenüber so zurechtzurücken, dass sie sich setzen konnte.

Höflich war er ja. Da konnte man wirklich nichts sagen.

»Oder sind Sie mit jemandem verabredet?«, fiel Döbele da plötzlich ein und er hielt kurz inne.

»Nein, bin ich nicht. Ich habe nur Hunger«, entgegnete Marie.

»Genau wie ich«, stellte Döbele zufrieden fest.

»Haben Sie denn bereits etwas gegessen?«

»Nein noch nicht. Aber bestellt habe ich schon. Eine Pizza. Peperoni. Extrascharf. Und Sie? Was mögen Sie so?« Döbele sah sie interessiert an.

»Okay ...« Marie hielt kurz inne. In dem Moment erschien die Bedienung neben ihr und hielt ihr eine Speisekarte hin.

»Die brauche ich nicht. Danke. Ich nehme ein Glas Lambrusco und eine Pizza Diabolo plus Ananas. Wie immer.«

»Auch extrascharf wie immer?«

»Genau.«

Döbele sah anerkennend zu Marie hinüber.

»Dann haben wir ja beinahe denselben Geschmack, wie es scheint. Das mit der Ananas allerdings ...« Döbele grinste jetzt und zwinkerte ihr kurz zu.

»Ja, ja. Schon gut.« Marie winkte ab.

Kurz darauf brachte ihr die Bedienung bereits den Wein. Döbele prostete Marie über den Tisch hinweg mit seiner Cola zu.

»Eine Bedingung habe ich jetzt allerdings an unser gemeinsames Abendessen.« Marie stellte ihr Gas entschlossen vor sich ab.

»Und die wäre?« Döbele sah sie abwartend an.

»Wir sprechen währenddessen nicht über den Fall.«

»Einverstanden.«

In dem Lokal waren um diese Zeit bereits einige Tische besetzt. Das gute Essen hatte sich schon längst über die Grenzen Schovenbülls hinaus herumgesprochen.

Marie empfand die Geräuschkulisse um sie herum als genau richtig, um sich in einer für sie angenehmen Lautstärke unterhalten zu können, ohne dabei das Gefühl haben zu müssen, dass ihnen bei ihren Gesprächen andere Anwesende zuhörten.

»Also, Herr Döbele, erzählen Sie doch mal, was verschlägt Sie eigentlich in diese Gegend? Sie kommen doch auch nicht von hier, oder?«

»Nicht so ganz. Das heißt, meine Eltern sind hier aufgewachsen und haben sich auch hier kennengelernt, bevor sie später nach Husum umgezogen sind. Das heißt Ruhe und Meer kenne ich schon. Insofern passt das hier eigentlich ganz gut für mich und so weit von Husum entfernt ist es ja schließlich auch nicht.«

»Und hatten Sie nie das Bedürfnis nach ein wenig Großstadtluft? Ist ja nicht allzu viel los hier und wie ich vermute in Husum doch wahrscheinlich auch nicht.«

»Abgesehen vom ‚Husumer Speicher‘ nicht wirklich. Nein. Aber ich hatte da irgendwie auch nie so ein großes Bedürfnis nach. Also nach Party und so meine ich.«

»Sondern?«

»Was genau meinen Sie?« Döbele sah Marie fragend an.

»Ich meine, was machen Sie sonst so? In ihrer Freizeit? Wenn nicht gerade eine Mordermittlung ansteht, dann haben Sie davon doch vermutlich ausreichend zur Verfügung.«

»Ja, das stimmt. Ich gehe ganz gerne Laufen, Fitnessstudio. Ein paar Freunde treffen.«

»Wie den Freund aus dem LGBTQ-Umfeld zum Beispiel?«

»Zum Beispiel. Genau. Mit dem war ich sogar ein paar Mal in verschiedenen Clubs.« Jan Döbele zögerte kurz. »Also nicht das, was Sie jetzt vielleicht denken.«

Amüsiert stellte Marie fest, dass Döbele ein wenig errötete. Schnell wechselte er das Thema.

»Ja, und ich verreise auch ziemlich gerne. Ganz egal ob Kurztrips oder für ein paar Wochen. Aber … ich glaube, das haben Sie ja auch schon mitbekommen.«

»Am Rande«, erwiderte Marie knapp, um nicht unhöflich zu erscheinen.

»Mmmh.« Jan Döbele nickte. »Und? Was machen Sie so, wenn ich das fragen darf?«

»Sie dürfen.« Marie nahm einen großen Schluck von ihrem Wein, ehe sie weitersprach. »Auch ein bisschen Sport natürlich. Allerdings mag ich keine Fitnessstudios. Früher mal reiten, aber das ist schon eine ganze Weile her. Das könnte ich eigentlich auch mal wieder machen, wenn ich so darüber nachdenke ... Wenn ich in Hamburg bin, dann gehe ich gerne auf Konzerte. Manchmal auch ins Theater oder in eine Ausstellung. Je nachdem, was es gerade so Interessantes gibt. Da war ich aber auch schon länger nicht mehr, wie mir gerade auffällt.« Sie nahm noch einen Schluck.

»Theater mag ich auch. Ausstellungen, na ja … geht so. Vielleicht gehen wir ja mal zusammen hin?«, fragte Döbele hoffnungsvoll.

»Vielleicht.« Marie gefiel die Idee nicht wirklich. Schließlich hatte sie gerade erst gelernt, dass man Arbeit und Privates besser trennen sollte, auch wenn das hier natürlich etwas ganz anderes war als die Sache mit Basti und Lucy.

Sie stellte jedoch überrascht fest, dass ihr die Unterhaltung mit dem Kollegen tatsächlich gefiel und jemanden zum Reden konnte sie, wenn sie ehrlich war, im Grunde ab und an ganz gut gebrauchen. Sie hatte sich, seit sie in Schovenbüll lebte, noch niemandem wirklich geöffnet. Vielleicht wurde es allmählich Zeit, dass sie andere Menschen wieder ein stückweit an ihrem Leben teilhaben ließ. Ob dies jetzt allerdings ausgerechnet ihr Kollege sein musste …

Die Bedienung erschien mit der Pizza.

»Na dann. Guten Appetit.«

Als Marie später zu Hause in ihrem Bett lag, stellte sie fest, dass sie den Abend tatsächlich genossen hatte. Es hatte ihr gutgetan, einfach mal über etwas anderes als über ihre Arbeit

zu reden. Und sie hatten es beinahe auch tatsächlich geschafft, sich daran zu halten.

Mit einem deutlich besseren Gefühl als am Abend zuvor
schlief Marie schließlich ein.

Mittwoch

Unbekannte Nummer

Eine Nachricht poppte auf ihrem Smartphone auf. Unbekannte Nummer. Mia überlegte für einen Moment, ob sie sie lesen sollte. Schließlich überwog die Neugierde.

Hey Mia, vielleicht wunderst du dich, dass ich dir schreibe. Aber ich möchte dich gerne treffen, um über Anne zu reden. Ich habe noch ein paar Fragen an dich und vielleicht finden wir ja sogar gemeinsam heraus, wer Anne umgebracht hat. Was hältst du von 20:00 unten am Steg? Gruß, Bea

Seltsam. Woher hatte Bea Mias Nummer? Nun gut, vielleicht hatte Anne ihr die Nummer irgendwann einmal gegeben. Wäre ja möglich.

Mia sah auf die Uhr. Es war jetzt beinahe sechs. Sie hatte heute nichts weiter vor und könnte es locker schaffen.

Allerdings fragte sie sich, was Bea tatsächlich von ihr wollte. Bisher hatte sie nicht das Gefühl gehabt, dass Bea sie respektierte oder gar mochte. Glaubte sie also wirklich, sie beide könnten herausfinden, wer Anne umgebracht hatte?

Andererseits … Vielleicht war es einen Versuch wert.

Sie entschied sich, kurz nach Hause zu fahren, um etwas zu essen und sich eine wärmere Jacke zu holen.

Ich werde da sein, tippte sie als Nachricht an Bea in ihr Handy.

Als sie zu Hause ankam, war ihre Mutter noch nicht von der Arbeit zurück. Vermutlich traf sie sich noch mit einer Kollegin, was öfters vorkam.

Mia ging zuerst in die Küche. Seit dem Frühstück hatte sie nichts mehr gegessen. Auf dem Herd stand noch etwas Suppe vom Vortag.

»Besser als nichts«, sagte sie zu sich selbst.

Sie wärmte sich die Reste auf und suchte nach etwas Brot. Ihre Mutter hatte es jedoch offenbar versäumt, neues zu besorgen.

Mia wollte dies direkt morgen früh vor der Schule selbst zu erledigen. Für derlei lebenspraktische Dinge war Irina Nowack einfach nicht zu gebrauchen.

Sie aß die Suppe direkt aus dem Topf. Anschließend schnappte sie sich den letzten Joghurt aus dem Kühlschrank, dann schrieb sie eine Nachricht auf einen Zettel, den sie für ihre Mutter auf den Küchentisch legte, auf dem noch die Reste des Frühstücks standen. Mia überlegte kurz, den Tisch abzuräumen, beschloss dann aber, es einfach bleiben zu lassen. Stattdessen schnappte sie sich ihre Jacke und ihre Sneaker und verließ das Haus. Sie würde das Fahrrad nehmen. Es blieben ihr noch gut zwanzig Minuten, um pünktlich am vereinbarten Treffpunkt anzukommen.

Zum Glück hatte es mittlerweile aufgehört zu regnen.

Sie schaltete das Licht an ihrem Rad ein und trat in die Pedale.

Um diese Zeit war nicht viel los. Die meisten Leute saßen jetzt nach getaner Arbeit zu Hause, aßen zu Abend oder sahen TV und abgesehen vom Supermarkt, der noch bis acht Uhr geöffnet hatte, waren alle Geschäfte bereits geschlossen.

Nachdem sie die letzten Wohnhäuser hinter sich gelassen hatte, nahm sie den kleinen Schotterweg, der parallel zur Nordsee verlief. Von dort aus hatte man einen schönen Blick auf das offene Meer.

Den ganzen Weg über begegnete ihr niemand.

Einige Meter von ihrem Ziel entfernt, stieg sie ab und schob. Der Weg war hier vom vorangegangenen Regen so durchweicht, dass sie fürchtete, womöglich mit den Reifen stecken zu bleiben.

Als sie schließlich am Steg ankam, stellte sie fest, dass Bea noch nicht da war.

Sie ließ ihr Fahrrad in das feuchte Gras fallen. Dann machte sie ein paar Schritte in Richtung Nordsee. Das Meer hatte an diesem Tag eine aschgraue Farbe. Wellen waren kaum zu sehen. Müde plätscherten die wenigen, die es bis dorthin schafften, an das Ufer unter ihr. Ein paar Möwen ließen sich auf der Wasseroberfläche treiben. Mia fiel auf, wie still es war. Außerdem wurde es jetzt rasch dunkler. Mit einem Mal wurde Mia bewusst, dass es vielleicht doch keine so kluge Idee gewesen war, sich hier an diesem entlegenen Ort mit Bea zu verabreden.

Irina und Johann

»Es war eine gute Idee von dir, zum Chinesen zu gehen und Mia etwas mitzubringen, Johann. Da wird sie sich sicher drüber freuen.«

Irina Nowack stellte ihre schwarze Krokodilledertasche im Flur ab und trippelte auf ihren hochhackigen Schuhen in Richtung Küche. Johann folgte ihr mit einer gut gefüllten Plastiktüte, deren Inhalt einen verführerischen Geruch verströmte. Sie hatten sich die Reste ihres Essens einpacken lassen und für Mia einmal Ente süßsauer mitgenommen.

»Wohin damit?« Johann sah sich suchend um.

»Stell es einfach auf dem Küchentisch ab Johann.«

»Mia?« Irina Nowack rief den Namen ihrer Tochter die Treppe hinauf.

Niemand antwortete.

»Scheint nicht da zu sein. Komisch. Es ist schon nach acht und morgen schreibt sie Mathe. Da müsste sie jetzt eigentlich zu Hause sein.«

»Ich glaube, ich weiß, wo sie ist.« Johann deutete auf den Zettel, den Mia ihrer Mutter auf dem Küchentisch hinterlassen hatte.

»Was? Zeig her!« Irina nahm Johann den Zettel, den er ihr hinhielt, aus der Hand.

Verwundert sahen sie einander an.

»Sie trifft sich mit Bea? Am Steg?« Irina Nowack griff nach ihrem Handy.

»Das ist irgendwie seltsam, oder?«, fragte Johann.

»Ja, eben. Ausgerechnet mit Bea. Soweit ich das mitbekommen habe, mögen sich die beiden nicht besonders. Ich werde versuchen, sie anzurufen.«

Als Irina Nowack auf den grünen Hörer drückte, ertönte ein Freizeichen. Es nahm jedoch niemand ab. Beunruhigt versuchte Irina es noch einmal. Das Ergebnis war das gleiche.

»Wenn es dich beruhigt, fahre ich hin und sehe nach«, schlug Johann vor.

»Würdest du das für mich tun, Johann?«, dankbar sah sie ihn an.

»Na klar.« Er umarmte Irina kurz und ging dann nach draußen zu seinem Fahrrad.

»Komm doch gerne wieder mit zu uns, wenn du Mia gefunden hast, ja?«, rief Irina ihm hinterher.

Johann nickte, dann schwang er sich auf sein Rad und trat in die Pedale.

Pokal

Das Telefon klingelte, als Marie gerade dabei war, sich eine Tasse Kaffee einzuschenken. Ein Blick auf das Display verriet ihr bereits, wer gerade versuchte, sie zu erreichen.

»Frau Lind. Was kann ich für Sie tun?«

»Ich weiß nicht, ob es wichtig ist, aber ich habe eigentlich schon gestern, als ich in Annes Zimmer war, festgestellt, dass etwas fehlt. Ich nehme nicht an, dass ihre Kollegen etwas damit zu tun haben, oder? Sonst hätten sie uns das doch sicher mitgeteilt, wenn sie etwas mitgenommen hätten?«

»Das hätten sie sicher getan. Was fehlt denn überhaupt?«

»Einer ihrer Pokale. Der letzte, um genau zu sein.«

»Der, den sie auch auf dem Bild in der Hand hält, das sie uns als erstes von ihr gezeigt haben?«

»Ja, genau der.«

»Wie gesagt, vielleicht ist das nicht wichtig ...

»Alles ist wichtig, Frau Lind. Danke, dass sie uns angerufen haben.«

Marie legte auf. Der Pokal. Sie hatte das Gefühl, den irgendwo, abgesehen, davon, dass Annegrit ihn auf dem Foto in ihren Händen hielt, schon einmal gesehen zu haben. Aber wo?

Dann fiel es ihr ein.

»Döbele. Wir müssen sofort los.«

Kaltes Wasser

»Da bist du ja.« Mia hob eine Hand und winkte Bea zu, die ihr Fahrrad ebenfalls ins Gras fallen ließ.

»Ja, da bin ich. Und du bist tatsächlich gekommen, wie ich sehe.« Bea wirkte beinahe euphorisch, als sie auf den Steg zuging.

»Ja, wie du siehst.« Mia pflückte einen hohen Grashalm ab, der neben dem Steg, auf dem sie jetzt stand, aus dem Wasser ragte und knotete sich den Halm nervös um die Finger.

»Was möchtest du denn mit mir besprechen?«

»Ich würde gerne von dir wissen, wie du es geschafft hast, dass Anne so viele Zeit mit dir verbracht hat. Was lief da zwischen euch?«

»Wieso? Was meinst du damit?« Mia hielt inne und fixierte Bea, die langsam, als habe sie alle Zeit der Welt zur Verfügung, weiter auf sie zukam.

»Sheesh! Verarsch mich nicht! Du weißt ganz genau, was ich meine. Ihr hattet doch was miteinander …«

»Und wenn? Was geht dich das an?«, entgegnete Mia, der die Feindseligkeit in Beas Stimme nicht entgangen war. Gleichzeitig ging ihr durch den Kopf, dass es tatsächlich eine absolut dumme Idee von ihr gewesen war, sich hier an einem so entlegenen Ort mit Bea zu verabreden. Das Gespräch nahm sehr schnell einen Verlauf, den sie nicht erwartet hatte und der ihr ganz und gar nicht gefiel.

»Ich hatte eigentlich gehofft, dass wir uns gemeinsam ein paar Gedanken über Annes Mörder machen würden«, versuchte sie das Gespräch in eine andere Richtung zu lenken.

»Oder über ihre Mörderin.« Etwas Wildes, Unkontrolliertes durchzuckte Beas Blick.

»Oder das. Ja. Kann natürlich auch sein«, erwiderte Mia zögerlich.

Bea war jetzt stehen geblieben und lehnte sich gegen einen der seitlichen Pfosten des Stegs. Damit verstellte sie Mia, die sich der ungünstigen Lage, in die sie sich mit ihrem Erscheinen hier vor Ort gebracht hatte, immer mehr bewusst wurde, den Weg zurück.

Während Mia ebenfalls verunsichert stehen geblieben war und noch überlegte, ob es besser wäre abzuwarten, bis Bea von selbst zur Seite trat oder sich einfach an ihr vorbeizuschieben, machte Bea einen Schritt auf sie zu.

»Warum hast du mir meine beste Freundin weggenommen, Mia?«

»Wieso weggenommen? Ich habe Anne doch gar nicht umgebracht.«

»Das weiß ich. Und das meine ich auch nicht.«

Mia schluckte und überlegte kurz.

»Was heißt das, du weißt, dass ich es nicht gewesen bin?«

Ein gehässiger Ausdruck legte sich über Beas Gesichtszüge. Sie machte einen weiteren Schritt auf Mia zu, die immer noch auf dem vom Regen rutschigen Steg stand.

»Was glaubst du denn, warum ich das weiß? Denk doch mal nach Mia.«

Eine dunkle Vorahnung schob sich in Mias Gedanken, dennoch zwang sie sich, ruhig zu bleiben.

»Lass mich sofort vorbei. Es reicht mir jetzt«, wagte sie noch einmal einen Versuch.

»Na los! Komm doch!«

Mia machte einen vorsichtigen Schritt auf Bea zu. Dann zögerte sie abermals.

Diesen kurzen Moment der erneuten Unsicherheit nutzte Bea aus. Sie griff nach Mias Rucksackträger und zog. Mia, die nicht damit gerechnet hatte, geriet bei dem Versuch, die andere abzuwehren, ins Straucheln und drohte seitlich vom Steg zu fallen.

Das Wasser war hier zwar nicht sehr tief, aber dort hineinfallen wollte Mia dennoch auf gar keinen Fall.

Als Bea sah, dass Mia noch immer stand, hob sie den Fuß und trat zu.

Diesmal schaffte es Mia nicht, sich zu halten. Sie rutschte auf dem glitschigen Holz unter ihren Füßen aus, versuchte noch im Fallen nach dem Geländer zu greifen, wobei sie sich an einem hervorstehen rostigen Nagel die Hand verletzte und fiel dann mit einem lauten Platschen ins kalte Wasser.

Kurz blieb ihr dabei die Luft weg. Als sie wieder auftauchte, hörte sie Bea über sich lachen.

»Das geschieht dir recht, du dumme Bitch. Jetzt bist du da, wo du hingehörst.«

Mia nahm wahr, dass ihre Rivalin auf dem Steg unruhig auf- und ablief, so als überlege sie, was als Nächstes zu tun sei. Sie machte ein paar schnelle, hektische Schwimmzüge, um zurück ans Ufer zu gelangen. Noch bevor sie dort ankam, hörte sie, wie sich Beas Schritte von ihr entfernten.

Mia atmete auf. Vermutlich, so hoffte sie, hatte Bea erreicht, was sie wollte, und würde nach Hause fahren.

Mia bewegte sich weiter auf das nahe Ufer zu und versuchte, nach den Schilfpflanzen zu greifen, die dort wuchsen, um sich daran aus dem Wasser zu ziehen. Auch wenn das Wasser nicht allzu tief war, konnte sie hier dennoch nicht stehen.

Bedauerlicherweise war der Untergrund am Ufer locker und schlickig, sodass es ihr nicht gleich gelang, mit Händen und Füßen einen Halt zu finden.

Zu ihrem Erschrecken musste sie zudem feststellen, dass sie sich, was Bea anbelangte, geirrt hatte. Bea war nicht nach Hause gefahren.

Feixend stand sie jetzt am Ufer und blickte von oben auf sie herab. Dabei hielt sie etwas in Händen, bei dem Mia nicht gleich erkennen konnte, was es war.

Und noch während ihre Augen und ihr Verstand versuchten, den Gegenstand zu identifizieren, traf sie ein brennender Schlag an der Hand, mit der sie gerade noch versucht hatte, sich festzuhalten. Unwillkürlich ließ sie los und rutschte zurück ins kalte Wasser.

»Was soll das, Bea? Lass mich hier raus!« Mia stellte fest, dass ihre Stimme nicht nur vor Kälte zitterte.

Die andere stand jetzt mit einem irren Grinsen im Gesicht über ihr. Sie hielt einen abgebrochenen, langen Ast in der Hand, der etwa die Dicke ihres Arms besaß.

Erneut ließ sie ihn dicht neben Mia ins Wasser klatschen. Mia versuchte verzweifelt auszuweichen, um vor allen Dingen davon nicht am Kopf getroffen zu werden.

Mit aufkommender Panik stellte sie an sich fest, dass ihre Bewegungen rasch unsicherer und langsamer wurden.

»Verdammt, Bea. Bitte, lass und reden. Mir ist echt kalt und ich kann gleich nicht mehr!«

»Über was willst du denn reden? Da fällt mir gerade gar nichts ein.«

»Ich verstehe das hier nicht, Bea. Was habe ich dir denn getan?« Mia spürte, wie ihr Tränen der Erschöpfung und der Verzweiflung die Wangen hinabzurollen begannen und sich mit dem Rotz und dem kalten Wasser in ihrem Gesicht vermischten.

»Das ist jetzt mal eine vernünftige Frage. Wirklich. Aber gleichzeitig ist es auch eine sehr dumme Frage.«

»Warum? Erklär es mir.« Mia gab den Versuch auf, auf diese Art und Weise aus dem Wasser zu gelangen. Ihr war klar, dass sie so keinen Erfolg haben würde. Sie musste es irgendwie schaffen, mit Bea zu reden, um sie so zu überzeugen, sie wieder zurück ans Ufer zu lassen.

»Du hast mir meine Freundin weggenommen, Bitch!«

»Was meinst du damit, Bea?« Mias Zähne klapperten jetzt und jedes Wort, das sie aussprach, vibrierte. »Ich habe Anne nicht umgebracht!«

»Das meine ich auch gar nicht. Aber Anne war meine beste Freundin – bis du kamst. Ab da hieß es dann nur noch »Mia, Mia, Mia. Oh, wie ich das gehasst habe. Erst war da ja noch der Johann. Bei ihm ist es mir zum Glück noch gelungen, Anne davon überzeugen, dass er nicht der Richtige für sie war. Blöderweise hat das bei dir aber nicht funktioniert. Ständig seid ihr beiden Turteltäubchen wieder zusammengekommen. Voll zum Kotzen!« Bea spuckte neben sich ins Gras.

»Aber sie hat doch trotzdem noch gerne Zeit mit dir verbracht, Bea«, wagte Mia einen Versuch.

»Ja klar. Immer dann, wenn zwischen euch mal nichts lief oder wenn du gerade mal keine Zeit für sie hattest. Wie ich mir da vorgekommen bin. Wie eine elende Lückenbüßerin.«

»Aber das warst du doch gar nicht …«

»Und ob ich das war. Was weißt du denn schon!«

Mia spürte, dass ihre Taktik so nicht aufging. Sie versuchte es offensiver. Vielleicht gelang es ihr ja, Bea aus dem Konzept zu bringen.

»Was ist eigentlich passiert, Bea? Hast du Anne etwa umgebracht?«

Bea zögerte kurz. Dann holte sie erneut mit dem Stock aus und verfehlte Mias Kopf nur ganz knapp, indem diese im letzten Moment untertauchte. Zum Glück fing der Wasserwiderstand den Schlag ab.

»Und wenn ich es war? Was dann?«, hörte Mia Beas schrille Stimme, als sie wieder auftauchte.

»Dann wüsste ich gerne, warum du es getan hast? Warum hast du nicht einfach versucht, mich aus dem Weg zu räumen? Warum Anne?«, keuchte Mia unter sichtlicher Anstrengung.

»Was denkst du, was ich hier gerade mache?« Wieder lachte Bea böse. »Ist leider etwas anstrengender als gedacht.«

»Und bei Anne, da ging es leicht?«, stieß Mia aus.

»Ja, es ging leicht. Und es hat sich verdammt gut angefühlt«, erwiderte Bea, der jetzt ebenfalls Tränen über das gerötete, erhitzte Gesicht liefen, die sie mit dem Ärmel ihrer Jacke wegzuwischen versuchte.

»Aber warum? Warum hast du das getan?«

»Weil sie mir so viele Jahre genommen hat. So viele Jahre der Freundschaft, die ich an sie vergeudet habe. Noch dazu fand jeder sie toll. Die tolle Anne!« Sie vollführte eine theatralische Bewegung mit ihrer freien Hand. Dann umgriff sie wieder mit beiden Händen den Stock und versuchte erneut, Mia damit zu treffen. Diesmal erschien es Mia allerdings, als stecke weniger Kraft in dem Schlag.

»Aber eigentlich war sie ja gar nicht so toll. Ihre Erfolge beim Sport zum Beispiel. Wusstest du, dass sie gedopt hat? Ohne das Zeug hätte sie es doch niemals so weit gebracht. Und dann die Sache mit dir! Ich meine, wer ist schon so blöd, sich von einem Jungen wie Johann zu trennen und mit einer wie dir zusammenzukommen? Was für ein Scheiß!«

Mia behielt den Stock im Auge, während Bea, die sich wieder ein wenig gefasst zu haben schien, weiterredete.

»Wenn Johann sich doch nur für mich interessiert hätte, dann wäre es ihm auf jeden Fall besser ergangen. Hat er aber nicht. Und die Leute im Verein. Alles hat sich um Anne gedreht. All ihre Erfolge. Nie hat sie einen Fehler gemacht. Wenn die gewusst hätten … Oder in der Schule. Selbst hier war sie perfekt. Dabei hat sie doch alle nur verarscht. Wenn die wüssten, wie sie über die geredet hat … Ich hatte einfach die Schnauze voll.«

Wieder sauste der Stock knapp neben Mia ins Wasser. Dieses Mal jedoch war sie vorbereitet. Blitzschnell griff Mia danach und zog.

Bea, die nicht damit gerechnet hatte, geriet sofort ins Straucheln. Statt jedoch loszulassen, versuchte sie den Stock festzuhalten, was allerdings ein Fehler war. Sie verlor das Gleichgewicht und landete neben Mia im Wasser.

Mia reagierte so schnell, wie es ihre kalten Arme und Beine zuließen. Mit einer Hand griff wieder ins Schilf und diesmal gelang es ihr, sich ein Stück weit nach oben zu ziehen, in Richtung rettendes Ufer.

Doch auch Bea erholte sich rasch von dem Schreck und bekam Mia an ihrem Rucksack zu fassen, den diese noch immer trug.

Bevor es Bea jedoch gelang, sie daran zurück ins Wasser zu ziehen, erschien ein weiteres paar Füße in Mias Blickfeld.

Sorgen

Um Viertel nach neun klingelte auf der Wache das Telefon. Manni, der um diese Uhrzeit allein auf der Wache war, nahm den Hörer ab.

»Irina Nowack hier. Meine Tochter Mia ist nicht nach Hause gekommen.« Frau Nowacks Stimme klang rau und atemlos.

»Okay. Ihre Tochter Mia. Wie alt ist ihre Tochter denn?«

»Mia ist siebzehn.«

»Nun ja. Es ist gerade mal kurz vor halb zehn und ihre Tochter ist siebzehn ...«

»Sie war eine Freundin von Annegrit. Sie wissen schon«, unterbrach Irina Nowack ihn.

Manni legte das Fischbrötchen beiseite, in das er gerade hatte beißen wollen und griff nach seinem Notizblock. »Alles klar. Tut mir leid, Frau Nowack. Ich habe nicht gleich geschaltet wer Sie sind. Dann erzählen Sie mal ...«

Marie und Döbele verließen gerade das Haus der Familie Petersen. Das Innere des Hauses war noch immer in einem chaotischen Zustand. Was Beas Zimmer anbelangte, so hatte sich Marie, wie sie feststellen konnte, nicht getäuscht. Es schien das einzige Zimmer im Haus zu sein, das absolut ordentlich war.

Leider hatten sie nicht gefunden, wonach sie gesucht hatten. Dabei war sich Marie sicher, den Pokal in Beas Zimmer gesehen zu haben. Er war ihr wegen seines auffälligen Goldtons und dem ungewöhnlich geformten steinernen Sockel aufgefallen. Durch diese Merkmale hob er sich von den anderen Pokalen, zwischen denen er gestanden hatte, deutlich ab.

Aber vielleicht hatte sie sich ja auch geirrt. Sie hätte es zu gern herausgefunden. Bea selbst war leider nicht zu Hause und ihre Mutter konnte oder wollte ihnen nicht sagen, wann sie wieder zurück sein würde.

Indes war Marie etwas anderes ins Auge gefallen. An Beas Zimmertür hingen an einem Kleiderhaken ein schwarzer Kapuzenpulli und eine schwarze Trainingshose. Natürlich konnte dies ein Zufall sein. Doch Marie wurde das Gefühl nicht los, dass sie jetzt wusste, wem sie vor ein paar Tagen im Wald erfolglos hinterhergelaufen war.

Als sie wieder im Wagen saßen, klingelte das Telefon.

»Marie?«, aus dem Lautsprecher war die alarmiert klingende Stimme von Manni zu hören.

»Ja, was gibt es denn?« Marie stellte auf laut, sodass Döbele mithören konnte.

»Irina Nowack hat gerade angerufen. Sie macht sich Sorgen um ihre Tochter Mia.«

»Okay. Was ist denn los? Erzähl mal. Döbele und ich wollten gerade zurück zur Wache kommen …«

Zum Steg

Johann folgte dem Weg zum Steg mit seinem Mountainbike, soweit er konnte. Doch selbst mit den dicken Reifen wurde es am Ende schwierig voranzukommen. Schließlich stieg er ab und schob.

Mittlerweile war es so dunkel geworden, dass er das Licht an seinem Vorderrad einschaltete, um besser sehen zu können, wo er hintrat.

Er konnte frische Reifenspuren erkennen, die von zwei unterschiedlichen Rädern stammten. Jemand war also vor kurzem ebenfalls hier entlanggekommen.

Etwas in ihm drängte ihn zur Eile und er lief schneller. Mit dem Fahrrad neben sich und dem matschigen Boden unter sich, rutschte er jedoch einige Male aus, dabei fluchte er leise vor sich hin. Immerhin gelang es ihm, auf den Füßen zu bleiben. Als er das Ende des Waldpfades so gut wie erreicht hatte, hörte er Stimmen, die aufgeregt miteinander sprachen. Jemand lachte schrill.

Johann ließ sein Fahrrad neben sich ins Gebüsch fallen. So kam er deutlich schneller voran. Er lief weiter, bis er etwa hundert Meter vor sich Bea erkannte, die auf dem kleinen Holzsteg stand und mit jemandem sprach, den Johann von seinem Platz aus jedoch nicht sehen konnte.

Sie hielt etwas in Händen. Es schien groß und einigermaßen schwer zu sein, so wie Bea den Gegenstand vor sich hielt. Leider konnte er aber nicht erkennen, um was genau es sich dabei handelte.

Zumindest aber verstand er, was Bea sagte. Gerade schien es dabei um ihn selbst – Johann – zu gehen.

»Wenn Johann sich doch nur für mich interessiert hätte, dann wäre es ihm auf jeden Fall besser ergangen. Hat er aber nicht. Und die Leute im Verein. Alles hat sich um Anne gedreht. All ihre Erfolge. Nie hat sie einen Fehler gemacht.

Wenn die gewusst hätten … Oder in der Schule. Selbst hier war sie perfekt. Dabei hat sie doch alle nur verarscht. Wenn die wüssten, wie sie über die geredet hat … Ich hatte einfach die Schnauze voll.«

Bea ließ den länglichen Gegenstand in ihren Händen auf der Wasseroberfläche aufklatschen.

Johann ging jetzt instinktiv langsamer und hielt sich dicht an den Büschen, auch wenn es danach aussah, dass sich Beas ganze Aufmerksamkeit ohnehin auf einen Punkt unter ihr konzentrierte.

Als er sie beinahe erreicht hatte, passierte etwas, womit er nicht gerechnet hatte.

Mit einem Mal fiel das Mädchen kopfüber ins Wasser.

Johann konnte von seinem Platz aus nicht erkennen, was genau passiert war. Daher beschloss er, so schnell es ging zum Steg zu laufen, ohne noch weiter darauf zu achten, leise zu sein. Erst jetzt sah er, dass noch eine weitere Person im Wasser war.

»Mia!«, rief er entsetzt.

Die beiden Mädchen rangen miteinander.

Mia hielt sich mit Mühe am Uferschilf fest, dabei hatte Bea den Rucksack von Mia zu fassen gekriegt und versuchte offenbar, sie daran zurück ins Wasser zu ziehen.

Doch Mia kämpfte und schaffte es, sich loszureißen, indem sie der keifenden Bea mit der Faust einen Schlag gegen die Stirn verpasste, woraufhin diese sie losließ.

Johann nutzte den Moment und streckte Mia eine Hand entgegen, um sie aus dem Wasser zu ziehen. Dabei war er darauf bedacht nicht selbst ins Wasser zu rutschen.

Geistesgegenwärtig griff Mia zu, sodass es Johann schließlich mit Mühe gelang, sie an Land zu ziehen.

Als Mia endlich am Ufer und im Trockenen lag, hockte sich Johann neben das heftig nach Atem ringende Mädchen.

Er konnte kaum verstehen, was sie ihm zu sagen versuchte.

»Bea«, keuchte sie. Wasser und Spucke rannen ihr das Kinn hinab und sie musste husten. »Es war Bea!«

Als Johann zurück aufs Wasser sah, war keine Spur mehr von Bea zu sehen. Und auch als sie sich anschließend weiter nach dem Mädchen umsahen, blieb diese verschwunden.

Heimweg

Schweigend liefen Mia und Johann, der der mit den Zähnen klappernden Mia seine Jacke gegeben hatte, ihre Räder schiebend nebeneinanderher, bis der Untergrund des Wegs es zuließ und sie wieder aufsteigen und losfahren konnten. Am Ende des Pfads angekommen, fand Mia endlich ihre Sprache wieder.

»Denkst du, sie ist ertrunken?«

»Keine Ahnung. Jedenfalls ist sie nicht wieder aufgetaucht. Oder zumindest haben wir sie nicht sehen können. Allerdings ist es auch möglich, dass sie untergetaucht und irgendwo anders wieder hochgekommen ist.«

»Meinst du?«

»Sheesh … Ehrlich, Mia … Ich weiß es nicht.«

»Hast du eigentlich mittlerweile wieder Empfang?«

Johann prüfte sein Handy.

»Ja. Habe ich.«

»Dann ruf die Polizei an.«

Johann drückte die entsprechende Taste. Er hatte die Nummer seit ein paar Tagen eingespeichert.

»Ja, hallo, hier ist Johann Jansen. Ich möchte was melden. Das heißt, wir brauchen, denke ich, Ihre Hilfe.«

Kakao

Das Polizeirevier lag für Mia und Johann näher als ihr jeweiliges Zuhause. So beschlossen sie, nachdem sie mit Kommissar Schmitt telefoniert hatten, zuerst einmal dorthin zu fahren. Der Beamte versprach umgehend Mias Mutter anzurufen, sodass diese Bescheid wusste und sie ihr außerdem ein paar trockene Sachen aufs Revier bringen konnte. Vor dem Polizeirevier angekommen, stellten sie ihre Fahrräder direkt vor der Eingangstür ab und gingen hinein.

»Da seid ihr ja.« Marie, die gemeinsam mit Döbele und zwei weiteren Kollegen auf sie gewartet hatte, stand auf und lief den beiden entgegen.

Als sie die zitternde Mia sahen, besorgten sie ihr erst einmal eine Decke. Marie bemerkte außerdem eine kleine Verletzung an Mias Hand. Die Blutung hatte mittlerweile jedoch aufgehört.

»Du bist verletzt, wie ich sehe? Und mit Sicherheit unterkühlt. Sollen wir einen Arzt für dich rufen?«

»Nein danke. Es geht schon.« Mia griff dankbar nach der Decke.

Marie nickte Manni zu, der gerade mit zwei dampfenden Tassen Kakao erschien, die er jetzt vor der in die Decke gewickelten Mia und vor Johann abstellte.

»Manni, besorgst du uns bitte noch etwas Verbandszeug?«

»Geht klar.«

»Setzen wir uns am besten hin. Und dann erzählt erst einmal, was überhaupt passiert ist.«

Während Mia und Johann berichteten, hatte Manni bereits ein paar Kollegen und einen Rettungswagen auf den Weg in Richtung Steg geschickt, um nach Bea zu suchen.

»Das klingt ja nach einem Schuldeingeständnis«, kommentierte Marie Mias Erzählungen.

»Ja«, Mia nickte. »Klang für mich auf jeden Fall so.« Marie nickte ebenfalls.

Es klopfte und Babsi stand in der Tür. Über ihrem Arm lag trockene Kleidung für Mia. Das Verbandszeug hatte sie ebenfalls dabei.

»Deine Mutter wartet im Übrigen im Flur auf dich« Babsi deutete in Richtung Tür.

»Alles klar«, erwiderte Mia. »Danke. Können Sie ihr vielleicht kurz sagen, dass alles in Ordnung mit mir ist? Sonst dreht die noch komplett durch.«

»Na klar mache ich«, gab Babsi mit einem Augenzwinkern zurück.

Als Mia im Nebenraum verschwunden war, um sich umzuziehen, nutzte Marie die Gelegenheit, um mit Johann allein zu sprechen.

»Und Johann, was ist dein Eindruck? Glaubst du die Geschichte, die Mia da gerade erzählt hat?«

»Doch ja. Warum nicht. Dass Bea nicht gerne Konkurrenz hat, das kann ich mir gut vorstellen. Aber, hey, irgendwie ist das schon so komplett weird sich vorzustellen, dass sie Anne umgebracht hat. Die waren doch so lange befreundet. Allerdings, sheesh …, wenn ich so drüber nachdenke, kann ich mir das eigentlich bei niemandem so wirklich vorstellen.« Johann zuckte mit den Schultern.

»Okay. Danke, Johann. Natürlich auch dafür, dass du Mia gerettet und dich um sie gekümmert hast und ihr anschließend gleich hergekommen seid. Und das, obwohl ihr ja gewissermaßen Konkurrenten gewesen seid.«

»Ja, geht schon klar.« Der Junge wurde ein wenig rot.

»Was mich jetzt aber doch noch interessieren würde … Wie denkst du, ist das für Mia, dass du dich so gut mit ihrer Mutter verstehst und sie gelegentlich … besuchst?«

»Oh man das schon wieder … Keine Ahnung, echt. Wir haben ja immer wieder versucht, mit Mia mal gemeinsam was zu machen oder zumindest zu reden. So richtig hat das aber nicht geklappt. Irgendwie mag sie mich nicht, denke ich.«

»Na ja, ist ja vielleicht auch etwas schräg, oder? Ich meine, du bist mit ihrer Mutter befreundet und dann die Sache mit dir und Annegrit …«

»Aber ich bin ja mit Irina auch wirklich nur befreundet. Da läuft sonst nichts. Das sollten sie unbedingt wissen …«

»Schon gut, Johann.«

»Und das mit Anne. Ja, stimmt schon, das war alles etwas weird – also seltsam. Aber eigentlich war mir irgendwann nur noch wichtig, dass wir uns verstehen und es nicht alles so merkwürdig ist zwischen uns. Das hier ist ja schließlich nicht gerade eine Großstadt und wir begegnen uns halt irgendwie immer irgendwo. Wäre halt schon gut gewesen, wenn da alles wieder gepasst hätte.«

»Und du warst nicht mehr in Annegrit verliebt? Gar nicht?« Döbele sah Johann interessiert an.

»Na ja … Vielleicht ein bisschen. Aber ich hätte auch eine Freundschaft akzeptiert.«

»Okay.« Döbele und auch Marie gaben sich mit der Antwort zufrieden.

Für die beiden Kommissare war entscheidend, dass Johann nichts mit Annegrit Linds Tod zu tun hatte und davon waren sie mittlerweile beide überzeugt.

»Können wir dann gleich nach Hause gehen?«, wollte Johann wissen.

»Ja, natürlich. Wir sagen euch Bescheid, wenn wir euch noch mal brauchen und natürlich auch, wenn wir Bea gefunden haben. Bis dahin bleibt ihr zu Hause und haltet die Füße still und ihr lasst auf keinen Fall jemanden rein. Vor allem aber keinen direkten Kontakt zu Bea, sollte sie wieder auftauchen.« Döbele malte Anführungszeichen in die Luft.

»Sollte das passieren, dann gebt ihr uns auf jeden Fall sofort Bescheid, ok?«

Johann nickte.

»Und vielleicht wird das ja zumindest noch was mit einer Freundschaft – oder was auch immer – zwischen dir und Mia. Zumindest wünsche ich euch, dass sich da mal alles etwas entspannt«, fügte Marie noch hinzu.

»Danke«, murmelte Johann, was wenig überzeugt klang.

Donnerstag

Wo ist Bea

Marie saß reichlich übermüdet und sehr nachdenklich an ihrem Schreibtisch. Die Kollegen hatten Bea noch nicht gefunden. Auch sie selbst und Döbele hatten sich vor Ort in der Nähe des Stegs umgesehen. Leider ebenfalls ohne Erfolg. Danach waren sie durch die Straßen gefahren, in der ungewissen Hoffnung, sie vielleicht auf diese Weise zu finden. Leider blieb auch bei dieser Suche der Erfolg aus.

Ob Bea tatsächlich von Mias Schlag so stark verletzt worden war, dass sie ohnmächtig geworden und ertrunken war? Marie hatte Bea als eine Person kennengelernt, die körperlich extrem fit und zudem vermutlich gerissen genug war, aus einer heiklen Situation unbeschadet wieder herauszukommen. Doch vielleicht hatte Mia sie ja doch besonders ungünstig erwischt ...? Je länger Marie darüber nachdachte, desto mehr erschien ihr dies als nicht sehr wahrscheinlich. Zumal man, wenn man sich selbst im Wasser befand, ohne festen Boden unter den Füßen zu haben, in der Regel nicht allzu viel Kraft hatte, um fest zuzuschlagen. Schließlich hatte Mia an der Stelle, an der sie sich befunden hatte, nicht stehen können und musste auch so schon ziemlich entkräftet gewesen sein.

Wo aber war das Mädchen dann jetzt? Marie beschloss noch einmal bei Mia anzurufen. Nach einmaligem Klingeln nahm Mia den Anruf bereits entgegen.

»Hallo Frau Eisele.«

»Hallo Mia. Woher weißt du ...«

»Hab ich an der Nummer gesehen. Ich habe Sie eingespeichert.«

»Ach so. Na klar, ...«, Marie rieb sich die Schläfen. »Mia, ich möchte dich und auch Johann nochmals warnen. Wir haben Bea noch nicht gefunden. Natürlich kann es auch sein, dass ihr etwas … passiert ist. Aber wenn nicht, dann besteht natürlich die Gefahr, dass sie bei einem von euch auftaucht.«

»Ja, ich weiß. Ich bleibe zu Hause und mache niemandem auf, so wie wir das besprochen hatten. Außerdem fahren ja ihre Kollegen immer wieder an unserem Haus vorbei. Ich habe sie heute schon ein paar Mal gesehen.«

Marie hatte veranlasst, dass ihre Kollegen regelmäßig sowohl bei Mia als auch bei Johann vorbeifuhren, für den Fall, dass Bea dort auftauchen sollte.

»Gut. Ist deine Mutter wie besprochen bei dir?«, vergewisserte sich Marie.

»Ja. Ist sie. Und auch Papa hat ein paar Mal vorbeigeschaut.«

»Dann ist es ja gut.« Marie atmete erleichtert auf.

Nachdem sie das Telefonat beendet hatten, rief Marie bei Johann an, um sich auch bei ihm zu vergewissern, dass alles in Ordnung und er nicht allein zu Hause war.

Auch er bestätigte ihr, dass es ihm gut gehe und versicherte ihr, dass sein Vater die ganze Zeit über bei ihm bleiben würde.

Derweil waren noch immer einige Beamte unterwegs und suchten die nähere Umgebung nach Bea ab.

Seit den frühen Morgenstunden waren außerdem Taucher in der Nähe des Stegs im Einsatz.

Aufgetaucht

Es war mittlerweile Nachmittag. Marie goss sich gerade ihre vierte Tasse Kaffee ein, als ihr Telefon klingelte. »Wo?« Marie notierte sich die Adresse. »Döbele, wir müssen los. So wie es aussieht, hat jemand Bea gesehen.« Döbele sprang sofort von seinem Schreibtischstuhl auf. »Tatsächlich? Und wo?«
»In der Teichstraße.«
»Das ist doch ganz in der Nähe der Jansens, oder?«
»Yep!«
Marie und Döbele machten sich sofort auf den Weg. Der Kommissar übernahm das Steuer. Es war das erste Mal, dass sie ihn fahren ließ und Marie musste zugeben, dass der Kollege sich dabei gar nicht mal so übel anstellte. Er lenkte den Wagen sicher durch die teils engen Straßen, ohne dass Marie das Gefühl hatte, ihm Hinweise auf mögliche Hindernisse oder Gefahren geben zu müssen, was ihr in der Regel schwerfiel. Sie mochte es nicht besonders, die Kontrolle abzugeben, besonders nicht beim Autofahren, was sie zu einer sehr schlechten Beifahrerin machte. Basti hatte sich während ihrer Beziehung häufig darüber beschwert.
»Da vorne, Döbele. Fahren Sie jetzt langsamer.« Marie deutete auf ein paar Bänke, die unter einigen großen, ausladenden Platanen platziert worden waren, deren Äste im Sommer ausreichend Schatten boten, um darunter angenehm sitzen zu können. Außerdem gaben sie einem das Gefühl, einigermaßen unbeobachtet zu sein. Nicht, dass hier allzu viel los und dies wirklich nötig gewesen wäre …
Auf einer dieser Bänke saß Patrick Jansen und vor ihm stand eine sehr lebendig aussehende Bea, die einen Rucksack in der Hand hielt, auf den sie jetzt mit Vehemenz deutete.

Mittwochabend

Wut

Diese kleine Bitch. Sollte sie doch denken, dass sie ertrunken wäre. Und dann noch dieser Verräter, Johann. Warum hatte er sich nicht einfach für sie entschieden? Aber nein, alle hatten immer nur auf Anne gestanden. Wie sehr sie sie am Schluss dafür gehasst hatte! Sie würde ihnen einen Denkzettel verpassen. Ihnen allen.

Sie tauchte unter dem Steg hindurch und holte dort kurz geräuschlos Luft. Dann tauchte sie weiter am Schilf entlang, bis zu einer Stelle, von der sie wusste, dass man sie vom Ufer aus nicht einsehen konnte. Außerdem war es mittlerweile schon so dunkel geworden, dass man ohnehin kaum noch etwas in größerer Entfernung erkennen konnte.

Das Wasser war zwar wirklich ziemlich kalt, aber sie würde es noch einen Moment lang aushalten. Sie hoffte nur, dass Mia und Johann nicht allzu lange nach ihr suchen würden.

Als sie schließlich sicher war, dass die beiden endlich weg waren, stieg sie aus dem Wasser.

Sie wartete noch einen kurzen Moment ab, dann holte sie ihr Fahrrad, das zum Glück immer noch dort lag, wo sie es hatte liegen lassen und lief los.

Die ersten hundert Meter schob sie, dann entschied sie sich aufzusteigen und zu fahren. Erst jetzt schaltete sie das Licht an ihrem Rad ein.

Sie dachte darüber nach, nach Hause zu ihrer Mutter zu fahren, um ihr zu sagen, dass alles mit ihr in Ordnung war. Allerdings war sie sich nicht einmal sicher, ob es ihrer Mutter überhaupt aufgefallen war, dass sie nicht da war. Seit der Trennung von Beas Vater, wirkte es auf das Mädchen, als sei ihre Mutter nur noch körperlich anwesend. Gut möglich, dass sie sich, nachdem sie von der Arbeit nach Hause gekommen war, sofort schlafen gelegt hatte, ohne nachzusehen, ob ihre Tochter überhaupt zu Hause war. Daher überlegte Bea es sich anders. Zwar fuhr sie tatsächlich nach Hause, dort angekommen ging sie jedoch nicht ins Haus, sondern suchte unter einem der großen Blumentöpfe, die auf der Terrasse standen, nach dem Schlüssel für die Gartenlaube. Zum Glück lag er wie immer an seinem Platz. Vor einiger Zeit hatte das Mädchen ein paar Kleidungsstücke und ein wenig Essen und Getränke in der Laube platziert. Dies kam ihr nun gut zupass.

Eilig zog sie sich um. Die nassen Sachen stopfte sie in eine Plastiktüte. Ihr Handy war natürlich völlig unbrauchbar. Wütend schmiss sie es in die Ecke, besann sich dann aber eines Besseren und legte es auf die Plastiktüte, mit der nassen Kleidung darin. Später würde sie versuchen es mit der Reismethode trocken zu bekommen.

Sie trank ein paar Schlucke Limo. Hunger hatte sie keinen.

Sie beschloss, heute Nacht hier zu schlafen. Zuvor wollte sie allerdings im Haus noch etwas besorgen. Der Schlüssel für die Haustür war zum Glück, trotz ihres Sturzes ins Wasser, nicht verloren gegangen.

Sie würde allerdings leise sein müssen und hoffte, dass ihre Mutter tatsächlich fest genug schlief.

Donnerstag

Showdown

»Du musst mir jetzt einfach helfen, Patrick. Schließlich habe ich dir ja auch geholfen. Bitte versteck das hier für mich. Nur für eine Weile.«

»Sheesh! Wann hast du mir denn geholfen?« Gehetzt starrte der Junge auf den Gegenstand, den ihm Bea hinhielt.

»Ich hätte der Polizei verraten können, dass du die ganze Zeit das Zeug vertickst. Habe ich aber nicht.«

»Die Polizei hat mich doch jetzt ohnehin am Arsch. Und ich schulde dir echt gar nichts, Bea. Und schon gar nicht, werde ich das Ding da für dich verstecken. Warum überhaupt?«

»Kann sein, dass die Polizei danach sucht. Und bei mir werden sie sicher auf jeden Fall nachsehen, nachdem was gestern passiert ist. Aber bei dir… Da wäre er sicher.«

»Warum schmeißt du das Teil nicht einfach weg? Was willst du denn mit dem Scheiß?«

»Bist du bescheuert?! Den habe ich mir verdient.«

»Wie das? Wann hast du das letzte Mal einen Goldpokal gewonnen?«

»Wenn du Anne nicht mit dem Zeug versorgt hättest, dann hätte ich eine echte Chance gehabt. Aber so… Und außerdem… du magst mich doch, oder?« Bea setzte einen Blick auf, der in der Regel ausreichte, um zu bekommen, was sie wollte. Dieses Mal schien das jedoch anders zu sein.

»Das war einmal. Du wolltest doch gar nicht mich, sondern Johann. Ich war so ein verdammter Simp! Aber jetzt ist Schluss damit und auch mit den ganzen Lügen. Ich gehe zur Polizei.«

»Das machst du nicht!«

»Warum nicht? Ich hab echt null mehr zu verlieren und vielleicht wirkt sich das ja irgendwie positiv für mich aus, wenn ich denen die Mörderin von Annegrit liefere.«

»Auf keinen Fall!«

Ohne eine weitere Vorwarnung, ließ Bea den Rucksack in ihrer Hand zu Boden gleiten und holte mit dem Pokal, den sie jetzt in Händen hielt, zum Schlag aus.

Einsatz

»Los Döbele. Einsatz.« Marie spie die Worte aus. Doch eigentlich war das gar nicht nötig. Genau wie sie selbst, hatte Döbele die Situation richtig erkannt und aufs Gaspedal getreten. Mit quietschenden Reifen kam der Wagen schlitternd direkt neben Bea und einem ziemlich erschrocken aussehenden, aber zum Glück unverletzten, Patrick Jansen, zum Stehen. Marie sprang aus dem Wagen, wobei sie mit der geöffneten Beifahrertür Bea von hinten erwischte und diese zu Boden ging. Als könne der Pokal sie irgendwie retten, hielt sie ihn dabei immer noch in Händen.

Erkenntnisse

Sie hatten die Kollegen über Funk gerufen, um nicht mit Bea und Patrick gemeinsam in ihrem Wagen zum Revier fahren zu müssen. Bea schien tatsächlich unberechenbar. Sie tobte und beschimpfte alle Umstehenden, sobald sie wieder auf den Beinen war und war auch dann kaum zu beruhigen, als die Kollegen mit dem Streifenwagen kamen, um sie einzusammeln.

Sie selbst nahmen schließlich Patrick mit.

Auf dem Revier angekommen beschloss Marie, gemeinsam mit Döbele zuerst mit Patrick Jansen zu sprechen, von dem sie sich einige Informationen in Bezug auf Beatrice Petersen und die vorangegangene Situation erhofften.

Dieser zeigte sich, zu ihrem Glück, äußerst gesprächig.

»Okay. Ich denke, es ist Zeit auszupacken, oder?« Patrick Jansen sah abwartend von einem zum anderen.

»Das wäre sicherlich keine schlechte Idee.« Marie zog sich einen Stuhl heran. Döbele schloss die Tür.

»Also denn mal Butter bei de Fische«, schob Döbele hinterher.

»Alles klar, ich fang dann mal an…«

»Gerne. Wir sind ganz Ohr.« Döbele hatte sich seinen Stuhl näher herangezogen und sah Patrick erwartungsvoll an.

»Also, das war so. Sie hatten mich ja gefragt, wo ich an dem Abend von Annes Tod gewesen bin«, Patrick blickte in zwei interessierte Gesichter.

»Ach so, da wollen Sie starten. Auch okay«, entgegnete Marie.

Patrick nickte. »Also ich hab mich da mit jemandem getroffen. Die kennen Sie glaube ich. Ist die Mutter von Mia.«

»Ach«, Marie fiel beinahe alles aus dem Gesicht. Auch Döbele richtete sich kerzengerade auf und hörte gespannt weiter zu.

»Ja, genau. Die hat mich immer mit dem Ritalin versorgt. Da kam die ja gut ran. Die arbeitet ja schließlich in einer Arztpraxis.«

»Das wissen wir.« Marie nickte. »Und weiter? Wie lange geht das schon so?«

»Noch gar nicht so lange. Ein paar Monate erst. Ich hatte einen … finanziellen Engpass und da bin ich auf die Idee gekommen. Mein Bruder, der Johann, der ist ja mit der befreundet. Und der hat mir erzählt, dass die in so ´ner Praxis arbeitet und dass die, durch die Scheidung, auch ein paar Geldsorgen hat und so, ja und da hab ich mich halt mal mit der unterhalten.«

»Krass. Und dann haben Sie sich da schnell geeinigt, dass Ihnen die Frau Nowack die Rezepte besorgt und Sie haben dann das Zeug verkauft?«, hakte Jan Döbele nach.

»Ja, genau. Yolo. Wir haben uns den Gewinn dann fair geteilt.«

»Fifty-Fifty«, staunte Marie.

»So sieht das aus. Ja. Und an dem Abend … Also an dem Abend, da hab ich mich mit der Irina getroffen. Im Nachbarort. In der Kneipe. Wir haben ein bisschen gequatscht und so.«

»Noch einer.«

»Was?«

»Noch einer«, Döbele sah rüber zu Marie.

»Ihr Bruder ist ja, wie Sie ja sicherlich wissen dürften, auch gerngesehener Gast, bei der Frau Nowack. Und dann reden die beiden wohl ebenfalls fleißig« Döbeles Stimme verriet seine Verwunderung in der Sache.

»Ja, das stimmt. Aber der Johann, der weiß nix davon.«

»Aha. Sind Sie sich da sicher?« Marie sah Patrick fragend an.

»Doch, ja. Ich glaube, dann dreht der garantiert durch, wenn der das erfährt.«

»Das wird er jetzt aber vermutlich. Warum erzählen Sie uns das denn jetzt überhaupt?«

»Weil ich mit dem ganzen Scheiß Schluss machen möchte. Ich habe vor, endlich mein Leben in den Griff zu kriegen. Und außerdem möchte ich nicht mit dem Tod von Annegrit in Verbindung gebracht werden. Das war ich nämlich nicht.«

»Sondern?«

»Na, die Bea. Die Verrückte wollte mich ja gerade auch umbringen. Das haben Sie ja gesehen. Und ich glaube, das war sogar die Mordwaffe.«

»Sie meinen den Pokal.«

»Ja, genau, den meine ich.«

»Das werden wir noch überprüfen. Was hat Sie Ihnen denn erzählt?«

»Na, dass ich den Pokal für sie verstecken soll, weil man bei ihr vielleicht danach suchen würde. Ja und dass sie die Annegrit damit erschlagen hat, weil sie irgendwie sauer auf die war. Total verrückt, echt.«

»Und warum wollte sie Sie jetzt damit schlagen?«

»Weil ich das nicht machen wollte und zur Polizei – also zu Ihnen – wollte.«

»Okay. Das spricht ja dann mal für Sie, wenn das wirklich stimmt«, kommentierte Döbele.

»Woher kennen Sie beiden sich denn jetzt eigentlich? Also Bea und Sie?«, wollte Marie wissen.

»Auch über meinen Bruder. Sie war ein oder zweimal mit ihm bei uns zu Hause, als mein Vater mal nicht da war. Ich hab das erst gar nicht gecheckt, dass die auf meinen Bruder steht und fand die halt ganz gut so. Wir haben uns dann auch ab und an getroffen. Ist aber leider nix draus geworden. Ich glaub, die hat mich nur benutzt, um an Johann ranzukommen. Voll mies so.«

»Ja, das ist wirklich nicht nett. Aber was ich auch gar nicht nett finde, ist, dass Sie scheinbar über Ihren Bruder einige äußerst fatale Kontakte geknüpft haben. Haben Sie denn keine eigenen Freunde?«, fragte Marie.

»Ja …« Patrick sah betreten zu Boden und schwieg einen Moment, ehe er weitersprach. »Doch. Also ich meine, ich hab schon auch noch ein paar eigene Freunde, die mit Johann nichts zu tun haben. Aber … ja, war halt scheiße von mir.«

»Stimmt«, meinte Marie nur.

»Und was passiert jetzt?« Patrick sah unsicher von einem zum anderen.

»Was meinen Sie?«, gab Marie zurück.

»Werde ich jetzt verhaftet oder so?«

»Also verhaften werden wir Sie jetzt nicht direkt. Aber es wird auf jeden Fall ein Strafverfahren und mit Sicherheit auch ein Gerichtsverfahren auf Sie zukommen, wobei der Richter oder die Richterin dann über Sie entscheiden wird. Da haben wir dann nichts mehr mit zu tun. Begünstigend dürfte sich dabei aber sicherlich Ihr Geständnis für Sie auswirken.«

»Okay… Das ist gut. Das heißt ich kann dann jetzt erstmal gehen, oder?«

»Können Sie. Geben Sie aber bitte unserem Kollegen noch Ihre Kontaktdaten und dann sehen wir mal weiter. Wir kümmern uns dann jetzt erst einmal um Beatrice Petersen.«

Patrick Jansen verließ, sichtbar mitgenommen, den Raum und wurde von Manni bereits erwartet.

»So, next one please.«

Nachdem Patrick den Raum verlassen hatte, wurde eine sehr missgelaunte Bea von Babsi hereingeführt oder vielmehr geschoben. Immerhin jedoch hatte sie damit aufgehört, sich lauthals über sie zu beschweren.

Als sie die beiden Beamten erblickte, warf sie ihnen einen vernichtenden Blick zu, den Marie und Döbele jedoch ignorierten.

Nachdem sie sich auf Anweisung von Marie gesetzt hatte, waren »Ich sag nix« Beas erste Worte.

»Alles klar. Musst du auch gar nicht. Wir haben gerade schon einige ganz interessante Dinge von Patrick erfahren. Außerdem haben ja bereits Mia und Johann ihre Aussagen gemacht. Deine Mutter ist wohl auch schon unterwegs und wird eure Anwältin mitbringen. Dann kannst du dir ja immer noch überlegen, ob du uns selbst auch noch etwas zu erzählen hast.«

Beatrice schob trotzig die Unterlippe vor. Kurz sah es danach aus, als wolle sie etwas sagen, dann schien sie es sich jedoch anders überlegt zu haben und ließ es bleiben. Stattdessen fing sie an, in ihren Taschen zu kramen.

»Suchst du das hier?« Marie legte ein Päckchen Kaugummi, dass in einer Plastiktüte verpackt war, vor ihr auf den Tisch.

Das Mädchen hielt kurz inne, ehe sie danach griff. »Woher haben Sie die?«

»Ein solches Päckchen lag in einem Gebüsch, gleich neben dem Tatort. Das sind doch deine, oder? Ist zumindest deine Marke. Hast du die da gesucht oder warum warst du am Tag nach dem Mord noch einmal dort? Du erinnerst dich sicher? Du bist vor mir durch den Wald davongelaufen.«

Beatrice sah erschrocken auf, erwiderte dann aber: »Ich habe keine Ahnung, was Sie meinen.«

»Na, macht nichts. Wir werden ja sehen. Unsere KTU wird jetzt erstmal die Fingerabdrücke, die wir auf dem Päckchen gefunden haben, mit deinen abgleichen. Und dann sehen wir weiter.« Marie schob ihren Stuhl zurück und stand auf.

»Döbele, kommen Sie. Ich finde, wir haben uns jetzt erst einmal einen Kaffee verdient.«

Gericht

»Ich gratuliere Ihnen, Frau Eisele. Da waren Sie zur richtigen Zeit am richtigen Ort. Prima auch, dass das Mädchen am Ende alles gestanden hat. Natürlich waren die Beweislast und die Zeugenaussagen ja auch, dank ihrer hervorragenden Vorarbeit, erdrückend.«

Staatsanwalt Wichmann reichte Marie die Hand, um diese überschwänglich zu schütteln.

»Aber ohne meine Kolleginnen und Kollegen, allen voran Herrn Döbele hier neben mir, wäre das so sicher nicht möglich gewesen«, stellte Marie mit einem Augenzwinkern fest.

»Ah, ja, Herr Döbele, dann gratuliere ich natürlich auch Ihnen«, erwiderte der Staatsanwalt mit einem kurzen Blick auf den Kommissar, ohne dabei jedoch Maries Hand loszulassen.

»Danke, Herr Wichmann. Vielen Dank.«

»Ja, dann haben wir es also geschafft. Der Fall ist abgeschlossen, das Mädchen wird seine Haftstrafe absitzen und alles ist so weit paletti.«

»Bleibt noch das Verfahren gegen den jungen Mann. Patrick ...«

»Jansen.«

»Ja, so heißt der junge Mann. Richtig. Und mit der Dame, die ihn da ja wohl mit Rezepten versorgt hat. Da sehen wir uns dann sicherlich nochmal wieder.«

»Genau.« Marie nickte zufrieden.

»Also dann.« Jetzt erst ließ der Staatsanwalt Maries Hand los. Dann drehte er sich um, um nach draußen zu gehen. Nach einigen Metern hielt er jedoch inne, um Marie zum Abschied noch einmal zuzuwinken.

»Puh.« Marie atmete erleichtert aus, als er endlich außer Sichtweite war.

»Was war denn das jetzt bitte gerade? Da scheint aber jemand ordentlich auf Sie zu stehen, Frau Eisele.« Döbele warf Marie einen verschwörerischen Blick zu.

»Wie? Ach quatsch. Der ist immer so.«

»Ja, aber nur zu Ihnen.«

Marie fiel auf, dass sie selbst noch gar nicht darauf geachtet hatte.

Keine Affären mit Kollegen, schoss ihr bei dem Gedanken an den Staatsanwalt durch den Kopf – ganz davon abgesehen, dass er ohnehin nicht ihrem Beuteschema entsprach. Männer mit Halbglatze und Bauchansatz, noch dazu vermutlich gut zehn Jahre älter als sie selbst, waren nicht so ihr Ding.

Sie winkte ab.

»Na los, lassen Sie uns doch heute Abend zur Feier des Tages essen gehen. Das heißt, wenn Sie sonst noch nichts vorhaben«, entfuhr es Marie.

»Habe ich nicht. Außerdem, was kann es Schöneres geben, als mit Ihnen bei Giovani Pizza essen zu gehen ...«

Pizza Pizza

Die Pizzeria war, wie immer um diese Zeit, gut besucht. In weiser Voraussicht hatte Döbele einen Tisch für sie reserviert, was Marie ihm jetzt hoch anrechnete.

So konnten sie sich in eine der hinteren Ecken verziehen, direkt am Fenster, mit Blick nach draußen, auch wenn es da nicht allzu viel zu sehen gab.

Die Bestellung war schnell erledigt. Zweimal Pizza Diabolo mit extra Peperoni. Auf die Ananas verzichtete Marie heute.

Dieses Mal trank auch Döbele ein Glas Lambrusco. Zur Feier des Tages, wie er sagte.

»Und wie ist das so für Sie, Herr Döbele? Den ersten Mordfall gelöst zu haben, meine ich.«

»Fühlt sich gut an, würde ich sagen. Doch.« Er lächelte zufrieden und nahm noch einen Schluck des süßen Getränks zu sich.

Marie merkte, wie das erste Glas bei ihr bereits seine Wirkung zeigte. Sie würde das Auto anschließend stehen lassen müssen. Ihr war bereits jetzt klar, dass es nicht bei dem einen Glas bleiben würde.

Nachdem sie die Pizza gegessen und jeder von ihnen noch einige weitere Gläser getrunken hatte, beschloss Marie, dass es allmählich an der Zeit war nach Hause zu gehen.

»Soll ich Ihnen ein Taxi rufen, Frau Eisele?«

»Nein, danke. Ich habe mir gerade überlegt, zu Fuß zu gehen.«

»Dann bringe ich Sie aber«, entschied Döbele.

»Was? Nein, nein, das ist wirklich nicht nötig. Schließlich bin ich schon groß.«

»Groß und Sie wissen sich zu verteidigen. Natürlich. Aber dennoch.« Döbele war bereits aufgestanden und hielt ihr seinen Arm hin.

»Na gut«, seufzte Marie, die viel zu betrunken und auch viel zu müde war, um Döbeles Hilfe weiter abzulehnen, und so liefen sie schließlich gemeinsam durch die laue Nachtluft. Der Spätsommer präsentierte sich an diesem Abend noch einmal von seiner besten Seite.

Bis zu Maries Wohnung würden sie etwa eine viertel Stunde benötigen.

Unterwegs sprachen sie wenig. Marie genoss es, wenn sie ehrlich war, gerade sehr, noch einmal ein männliches Wesen an ihrer Seite zu spüren, welches sich ihr gegenüber noch dazu höflich und aufmerksam zeigte.

Döbele machte dabei nicht den Eindruck, sich ihr weiter nähern zu wollen. Er führte sie einfach sicher an seinem Arm, ganz gentlemanlike, durch die stillen Straßen.

Als sie schließlich vor Maries Haus angekommen waren, konnte Marie einfach nicht anders.

»Da Sie mich so nett begleitet haben ... möchten Sie vielleicht noch kurz hereinkommen? Auf einen Kaffee? Dann kann ich Ihnen auch Eddy vorstellen.«

»Eddy?« Döbele zwinkerte irritiert.

»Ach was. Kommen Sie einfach mit.« Marie ging voran und zog ihren Kollegen hinter sich her.

Als sie die Tür zu ihrer Wohnung aufschloss, schoss ihnen bereits ein felliges Etwas entgegen.

»Das, lieber Herr Döbele, das ist Eddy. Mein bester Freund.« Marie registrierte, dass sie etwas albern kicherte. »Ich hoffe, Sie haben keine Angst vor Hunden?«

Diese Frage hatte sich bereits erübrigt. Döbele wuschelte dem begeisterten Mischling, über den wolligen Kopf.

»Na dann. Setzen Sie sich doch ins Wohnzimmer. Eddy wird Ihnen sicherlich folgen und ein wenig Gesellschaft leisten. Ich mache uns derweil einen Kaffee.«

Marie ging in Richtung Küche. Unterwegs dorthin nahm sie wahr, dass der Anrufbeantworter blinkte. Ohne darüber nachzudenken, drückte sie auf Abspielen.

Sofort erklang eine Stimme, die Marie weder erwartet hatte, noch hatte hören wollen.

»Hey du, ich bin es, Basti. Du weißt schon. Na klar. Ähm, Lucy hatte ja bereits versucht dich zu erreichen. Du hast dich aber leider nicht bei ihr zurückgemeldet … Also, ich … das heißt wir, wollten dir etwas sagen, bevor du es vielleicht auf einem anderen Weg erfährst … Wir werden heiraten. Bald schon. Und … du bist natürlich herzlich eingeladen. Ja, wirklich. Wir würden uns echt freuen, dich zu sehen. Also dann, das war's auch schon. Melde dich einfach und gib mal durch, wie es dir so geht und ob du kommst. Vielleicht bringst du ja auch jemanden mit, oder? Kannst du gerne machen. Bis dann. Ciao, ciao.«

Marie fiel die Tasse, die sie gerade aus dem Schrank vor sich genommen hatte, vor Schreck aus der Hand und sie gab einen unkontrollierten Kiekser von sich.

Zum Glück landete die Tasse nur auf dem Teppich und zerbrach darauf ganz sauber in zwei Hälften, anstatt in alle Richtungen und in tausend Teile zu zerspringen, was vermutlich passiert wäre, wäre sie auf dem Marmorboden aufgeschlagen.

Dennoch stand Döbele alarmiert im Türrahmen und auch Eddy kam vorsichtig angetrabt und lugte um die Ecke.

»Alles in Ordnung, Frau Eisele?«

»Marie. Bitte sag einfach Marie zu mir«, gab Marie zurück, während sie die beiden Tassenhälften vom Teppich auflas.

»Äh, ja klar. Natürlich.«

»Ich glaub, ich brauche jetzt eher einen Schnaps als einen Kaffee.«

»Ist gut. Wo steht der?«

»Hinten. Im Wohnzimmer.«

»Ach, ich sehe es.«

Jan Döbele fand zwei Gläser und eine Flasche Küstennebel auf einer kleinen Anrichte. Er befüllte zwei Gläser und reichte davon eines an Marie weiter.

»Danke, Jan.«

»Prost, Marie«, erwiderte Döbele mit leichter Verunsicherung in der Stimme.

Sie stießen an. Dann herrschte für einen Augenblick Stille.

»Mit oder ohne …?« Döbele sah Marie zögernd an.

»Ohne natürlich! Setzen wir uns lieber«, sagte Marie bestimmt, während Döbele ihr zum Sofa folgte.

Marie ließ sich auf das bequeme Möbel fallen. Dann zog sie ihre Stiefel von den Füßen und ließ sie durch die Luft gleiten, so dass sie in einer Ecke neben der Wohnzimmertür landeten. Anschließend legte sie seufzend ihre Füße auf dem Tisch ab. Döbele nahm, mit dem Küstennebel bewaffnet, neben ihr Platz.

»Noch einen?«

Marie nickte.

»Du willst jetzt sicher gerne wissen, wer das war, oder?«

»Ehrlich gesagt, ja. Aber natürlich nur, wenn du mir das auch erzählen möchtest …«

»Ich hätte nicht gedacht, dass ich das mal sagen würde. Aber doch, ich möchte dir das sehr gerne erzählen. Ich weiß, sonst, glaube ich, gleich nicht mehr wohin mit mir.«

»Na dann mal los. Ich bin ganz Ohr.« Jan Döbele hatte sich zu Marie umgedreht und sah sie aufmerksam an.

»Das war Sebastian, also Basti, mein Ex. Er ist jetzt mit meiner ehemals besten Freundin Lucy zusammen. Das heißt schon eine ganze Weile. Und auch schon, als wir noch zusammen waren. Außerdem ist er auch noch mein Ex-Chef und Lucy ist meine Ex-Kollegin.«

»Das sind aber ziemlich viele Ex …«

»Ja, leider«, gab Marie zurück.

»Ist das … Ich meine sind die beiden der Grund, warum du dich hierher hast versetzen lassen?«

»Ja, genau. Das ist der Grund.«

»Okay. Das ist ja dann mal leider kein schöner, aber dennoch ein sehr nachvollziehbarer Grund.«

Marie nahm noch einen Schluck des anishaltigen Getränks aus ihrem Glas zu sich, auch wenn sie sich nicht sicher war, ob dies eine kluge Entscheidung war. Vermutlich würde sie es spätestens morgen früh bereuen, was ihr aktuell jedoch reichlich egal war.

»Ja. Und weißt du was? Eigentlich hatten wir damals überlegt gemeinsam hier in diese schöne Gegend zu ziehen. Dass ich jetzt alleine hier gelandet bin … Nun ja …«, erklärte sie.

»Oh. Okay. Aber dir gefällt es hier hoffentlich trotzdem?«

»Doch, na klar. Das tut es wirklich. Aber es ist dennoch seltsam, wenn man darüber nachdenkt. Ich glaube aber, so ist es wohl doch häufig im Leben, oder? Dass einem die Dinge irgendwie seltsam erscheinen, meine ich.«

»Was genau meinst du?«, wollte Jan Döbele wissen.

»Ich meine, dass die Dinge eben doch komplett anders laufen, als man sich das mal so gedacht hat.«

»Ach so. Oh ja. Auf jeden Fall«, stimmte Döbele zu. Und als Marie nichts darauf erwiderte: »Und was wirst du tun? Gehst du hin, zu der Hochzeit?«

»Was? Nein. Auf keinen Fall. Das wäre ja noch schöner.«

»Hmm.« Der junge Kommissar rieb sich nachdenklich das Kinn. »Und was, wenn wir zusammen hingehen würden?«

Marie starrte ihren Kollegen entgeistert an, als habe dieser den Verstand verloren.

»Du spinnst. Ganz klar. Du hast sie nicht mehr alle!«

»Wieso?« Unbeeindruckt von ihrer Reaktion, hielt er mit einem entwaffnenden Lächeln dagegen.

»Ich finde, darüber solltest du wirklich nachdenken. Was findest du, sähe besser aus? Eine verlassene − sorry, wenn ich das jetzt so sage − verbitterte Ex-Freundin, die sich nicht blicken lässt oder eine Ex, die mit ihrem jugendlichen und nebenbei noch äußerst gutaussehenden neuen Lover bei der Hochzeit auftaucht.«

»Eingebildet. Ich habe eben eingebildet vergessen. Das ‚verbittert‘ habe ich übrigens überhört.«

»Das meinst du hoffentlich nicht so. Das bin ich nämlich wirklich nicht – also eingebildet meine ich.« Döbele wirkte jetzt leicht beleidigt.

»Nein. Natürlich nicht«, winkte Marie ab. »Dass du das, trotz deines zugegebenermaßen nicht gänzlich unattraktiven Äußeren nicht bist, habe ich bereits bemerkt. Aber trotzdem. Das geht doch nicht. Außerdem sind wir ja gar nicht …«

»Na und. Das muss ja keiner von denen wissen.«

»Die Idee ist ziemlich schräg … Gefällt mir irgendwie.«

»Weil sie so schräg ist, oder was?«

»Ganz genau.« Marie kicherte jetzt, zu ihrer eigenen Überraschung.

Sie nahm noch einen kleinen Schluck, dann beschloss sie, dass es jetzt definitiv und sehr schnell Zeit war, schlafen zu gehen.

»Gute Nacht, Jan. Du kannst es dir gerne auf der Couch gemütlich machen, wenn du willst. Frühstück ist um acht.«

Damit ging Marie in Richtung Schlafzimmer und ließ sich, so wie sie war, auf ihr Bett sinken.

Sie bekam nicht mehr mit, wie ihr Kollege sie ein paar Minuten später vorsichtig zudeckte und sich dann an Eddy wandte.

»Und Kumpel, was meinst du? Soll ich hier bei euch übernachten?«

Eddy wedelte begeistert mit dem Schwanz und gab Jan Döbele einen stürmischen, nassen Nasenstüber.

»Alles klar.«

Mit einem zufriedenen Schnauben ließ sich Eddy in seinem Körbchen nieder, während es sich der Kommissar auf der Couch gemütlich machte.

Kurz bevor er einschlief, ging ihm durch den Kopf, dass er mit einem solchen Ausgang dieses Abends wirklich nicht gerechnet hatte.

Zwei Tage danach

Büdchen

»Also habt ihr den Mörder geschnappt?«

»Ja, genau Lina. Oder vielmehr die Mörderin.«
Marie nahm einen großen Schluck des gefühlt besten Getränks der Welt zu sich.

»Und das Motiv?«

»Eifersucht Lina. Gepaart mit einem guten Schuss Neid und Missgunst. Wie so häufig.«

Lina nickte wissend. Dann hob sie ihre Tasse in Maries Richtung.

»Na dann mal Prost.«

Epilog

Wir kommen.
Marie hatte die Worte losgeschickt, bevor sie es sich noch einmal hätte anders überlegen können.

Anrufen wollte sie die beiden auf gar keinen Fall. Eine Mail musste reichen.

Schon in wenigen Wochen sollte die Hochzeit stattfinden.

Und sie würde mit ihrem jungen und noch dazu gutaussehenden Kollegen Jan Döbele daran teilnehmen.

Dabei hoffte sie sehr, dass sie ihre Entscheidung nicht am Ende noch bereuen würde …

Danke

An dieser Stelle ist es nun an der Zeit, ein paar Wegbeglei-ter*innen zu danken, die mich unterstützt haben.

Da wäre zum einen meine Mutter, ohne die dieses Buch wohl gar nicht erst entstanden wäre. Du hast dir einen Krimi gewünscht, der sich gut lesen lässt und trotzdem noch spannend ist. Ich hoffe, das ist mir gelungen.

Mein Sohn, der vermutlich mein größter Kritiker ist, mich gerade deshalb antreibt und der außerdem das Cover gelie-fert hat.

Unsere Hündin, mit der ich auf gemeinsamen Spaziergän-gen viele Einfälle und Ideen hatte.

Natalie, die mir stets hilfreich mit Rat und Tat zur Seite stand, wann immer es nötig war.

Heike, die sich ohne Umschweife bereit erklärt hat, Korrek-tur zu lesen.

Meine langjährige Freundin Angela, die immer ein offenes Ohr für mich hat.

Jutta, die meine Geschichte in einem Rutsch durchgelesen und mir ein so nettes und aufmunterndes Feedback ge-schenkt hat, dass mich motiviert hat, das Ganze auch tat-sächlich zu veröffentlichen.

Nicht zuletzt möchte ich meinen Leser*innen danken, die Interesse gezeigt und die Geschichte gelesen haben. Danke, dass du mir einen Teil deiner Zeit geschenkt hast.

Vielleicht sehen wir uns ja in einem zweiten Teil noch einmal wieder.